हिन्द पॉकेट बुक्स

बन्दूक और बीन

रांगेय राघव का मूल नाम तिरूमल्लै नंबाकम वीर राघव आचार्य था; लेकिन उन्होंने अपना साहित्यिक नाम 'रांगेय राघव' रखा। इनका जन्म 17 जनवरी, 1923 श्री रंगाचार्य के घर हुआ था। इनकी माता श्रीमती कनकवल्ली और पत्नी श्रीमती सुलोचना थीं। इनका परिवार मूलरूप से तिरुपति, आंध्र प्रदेश का निवासी था।

रांगेय राघव हिंदी के उन विशिष्ट और बहुमुखी प्रतिभावाले रचनाकारों में से हैं, जो बहुत ही कम उम्र लेकर इस संसार में आए, लेकिन जिन्होंने अल्पायु में ही एक साथ उपन्यासकार, कहानीकार, निबंधकार, आलोचक, नाटककार, कवि, इतिहासवेत्ता तथा रिपोर्ताज लेखक के रूप में स्वयं को प्रतिस्थापित कर दिया, साथ ही अपने रचनात्मक कौशल से हिंदी की महान सृजनशीलता के दर्शन करा दिए। रांगेय राघव ने हिंदीतर भाषी होते हुए भी हिंदी साहित्य के विभिन्न धरातलों पर युगीन सत्य से उपजा महत्त्वपूर्ण साहित्य उपलब्ध कराया।

बन्दूक और बीन

युद्ध की आंधी और ज़िन्दगी के दर्द पर मार्मिक उपन्यास

डॉ० रांगेय राघव

हिन्द पॉकेट बुक्स
पेंगुइन रैंडम हाउस इम्प्रिंट

हिन्द पॉकेट बुक्स

यूएसए। कनाडा। यूके। आयरलैंड। ऑस्ट्रेलिया। सिंगापुर
न्यू ज़ीलैंड। भारत। दक्षिण अफ्रीका। चीन

हिन्द पॉकेट बुक्स, पेंगुइन रैंडम हाउस ग्रुप ऑफ़ कम्पनीज़ का हिस्सा है,
जिसका पता global.penguinrandomhouse.com पर मिलेगा

पेंगुइन रैंडम हाउस इंडिया प्रा. लि.,
चौथी मंजिल, कैपिटल टावर 1, एमजी रोड,
गुरुग्राम 122002, हरियाणा, भारत

पेंगुइन
रैंडम हाउस
इंडिया

प्रथम हिन्दी संस्करण हिन्द पॉकेट बुक्स द्वारा 1969 में प्रकाशित
यह हिन्दी संस्करण हिन्द पॉकेट बुक्स में पेंगुइन रैंडम हाउस द्वारा 2022 में प्रकाशित

10 9 8 7 6 5 4 3 2

इस पुस्तक में व्यक्त विचार लेखक के अपने हैं, जिनका यथासंभव तथ्यात्मक
सत्यापन किया गया है, और इस संबंध में प्रकाशक एवं सहयोगी
प्रकाशक किसी भी रूप में उत्तरदायी नहीं हैं।

ISBN 9789353495664

मुद्रकः रेप्रो इंडिया लिमिटेड

www.penguin.co.in

MIX
Paper from
responsible sources
FSC
www.fsc.org
FSC® C047271

This is a legitimate digitally printed version of the book and therefore might not
have certain extra finishing on the cover.

बन्दूक और बीन

खूबसूरत बंगले के बरामदे में रनवीर बैठा है। बाहर फाटक पर नाम की प्लेट टंगी थी, इस समय वह बेल से ढक गई है, वर्ना कोई पढ़ सकता है कि उस नाम के पहले लगा है—लेफ्टिनेंट कर्नल।

रनवीर बैठा सिगरेट पी रहा है, और चाय सामने है। अभी भी वह अविवाहित है, और यह लेफ्टिनेंट कर्नल उसे कुछ विशेषता नहीं देता—उसका मन इस सबसे ज्यादा प्रभावित नहीं है।

बाहर का बाग फूलों से भरा है और उसके फूलों का माली सामने गुलदस्ता बनाकर रख गया है। विलायती फूल हैं, देखने में बड़े सुन्दर हैं, पर खुशबू किसी में नहीं है।

यह दिल्ली है। वैभव की नवीं बार पहल हुई है। यहां वे लोग रहते हैं जिनके हाथ में करोड़ों आदमियों की नकेल है।

घंटी बजती है।

फोन उठाता है रनवीर।

'हलो...

'हां भाई, सब ठीक है...

'कुछ नहीं, आज सिर्फ रोज़ का मामूली काम है...

आ तो सकता हूं, गाड़ी भी ठीक होकर आ गई है; लेकिन जाना कहां है...

'क्या कहा? जापान से फौजी मिशन आया है? आया होगा...

'अच्छी बात है, ज़रूर आऊंगा!'

फोन बन्द।

बैरा सामने अखबार रख गया है

रनवीर ने अखबार उठा लिया है....

पोस्टमैन आता है : 'सलाम हजूर!'

'सलाम!'

वह चिट्ठियां दे गया है और रनवीर खोलता है उन्हें।

अंतिम पत्न है :

"चिरंजीव रनवीर को आशीर्वाद।

तुम्हारा पत्न आया। हाल मालूम हुआ। अम्मा कहती हैं..."

रनवीर मुस्कराता है।

चिट्ठी हमेशा की तरह से छोटे से लिखवाई गई है। लिखी गई है अम्मा की तरफ से, लेकिन छोटे अपने को अलग कैसे रख सकता है! फिर पढ़ता है वह—

"सुषमा की शादी का सब मामला तय हो गया है।"

(सुषमा रनवीर की छोटी बहन है) "लड़का तुमने देखा ही है। अब दो महीने बाद पंडित ने दिन निकाला है। तुमने लिखा है कि शायद तुम्हें कश्मीर जाना पड़े। तो अम्मा कहती हैं कि देखभाल कर रहना; जापानी और लोग थे, पाकिस्तान का मामला और है। जापानी हमें जानते नहीं थे, पाकिस्तानी जानते हैं। वैसे तो भगवान रक्षक है ही। उसके रहते किसीके किए क्या हो सकता है। सुषमा की शादी के जोड़े सिलने डलवा रही हूं। तुमने रुपये भेजे थे सो मिल गए हैं, इसलिए बैंक के रुपयों को छुआ नहीं है। अम्मा कहती हैं कि खर्चा नहीं बढ़ाना चाहिए। बबुआ का रुपया उन्हींकी बहू के काम आए तो अधिक ठीक रहेगा। और कहती हैं कि तुम ज़रा इशारा ही कर दो तो वे तुम्हारे लिए भी लड़की देख लें। पड़ोस में एक इंजीनियर आ गए हैं। तनख्वाह पाते हैं अठारह सौ रुपये। उनकी

श्रीमतीजी आई थीं। कहीं सुन आई थीं कि इस घर में एक लेफ्टिनेंट कर्नल हैं, जो अभी तक क्वारे हैं। बहुत ही भले हैं, सच्चरित्र और सीधे-सादे। सो अम्मा ने तुम्हारा फोटो दिखाया। देखकर खुश हो गईं। बोलीं अम्मा से कि बहनजी! ऐसा अच्छा लड़का है। मेरी लड़की अब एम० ए० कर चुकी है। आप चाहें तो सब कुछ ठीक हो सकता है। बड़ी अच्छी जोड़ी रहेगी। अम्मा को बुला गई थीं चाय पर। सोभैया, मैं भी संग गया था। सच, भाभी होने के लायक हैं वे! बिल्कुल ऐसी लगती हैं वे, जैसे वह फिल्म था न, जो तुमने उस बार दिखाया था, उसमें जो लड़की बनी थी वह डाक्टरनी। भाभी अब पच्चीस साल की हैं।"

रनवीर मुस्कराता है—गधा! इंटर में आ गया है, मगर अभी बचपना नहीं गया।

"जवाव जल्दी देना। क्या बिगड़ता है, भैया! शादी में तुम्हें कुछ भी काम नहीं करना होगा। अम्मा कहती हैं कि वे अपने सारे गहने बेचकर ही तुम्हारा ब्याह करेंगी। तुम्हारी कमाई से हम बड़े होंगे, पर तुम्हारा सव वे ही करेंगी। सच, अम्मा को भाभी बहुत पसन्द आई हैं। अभी उन्हें जवाब नहीं दिया। कहा है, चिट्ठी डालकर पूछ लें। भाभी ने सुना तो कुछ उदास हो गई थीं। इंजीनियर साहब कहते थे कि भाई, खर्चे बहुत हैं, पर शादी ऐसी करूंगा कि कसर अपनी तरफ से तो रखूंगा नहीं। तो तुम हां कर दो अब। अम्मा कहती हैं कि सुषमा बहन के जाने से घर खाली हो जाएगा। सो उस जगह को भरना चाहिए, वर्ना घर काटने को दौड़ेगा।"

चिट्ठी में अभी कुछ सतरें बाकी हैं।

रनवीर उत्तर लिखता है—

"प्रिय छोटे—

पत्र मिला। सुषमा की तारीख तय हो गई और मुझे शायद कश्मीर जाना ही होगा। मैं छुट्टी के लिए दरख्वास्त दे देता हूं, लेकिन जोखिम के कामों में वे ज़िम्मेदार आदमी चाहते हैं। इसलिए पक्की तौर पर नहीं

कह सकता। रुपये बैंक से निकलवा लेना। सुषमा की शादी में कसर नहीं रखनी चाहिए। मेरे लिए तुम, सुषमा और नीलम तीनों बराबर हो। अगर वे दोनों बहनें भी होती, जोहमारे बीच से उठ गईं,तो मैं इतनी चिंता नहीं करता। लेकिन अब उसका अफसोस करने से फायदा भी क्या है? खुशी के वक्त वल्कि ऐसी दुख को बातें याद भी नहीं करनी चाहिए। रही मेरी शादी। सो बच्चे, अब तो तुम तीन ही मेरे सहारे हो। जब लड़ाई पर गया था तब मैं बीस का धा। तुम पांचके थे, सुषमादो की और नीलम शायद साढ़े तीन साल का था। पिताजी की मृत्यु ने घर उजाड़ दिया था। अब सन् 40 से 57 है। मैं सैंतीस बरस का हूं। यह ठीक है कि मैं तन्दुरुस्त हूं। मगर सैंतीस साल हिन्दुस्तान में शादी के दिन नहीं रहते। इंजीनियर की लड़की पच्चीस की है, छोटी है: लेकिन वैसे मैं तो उसके बत्तीस की होने पर भी शादी नहीं करता। और मेरी पत्नी घर रहेगी कहां? घर तो सूना ही रहेगा। मा से कहना कि वे चिंता न करें। सुपमा की शादी पर आने की पूरी कोशिश करूंगा। न आ सकूं तो कोई काम रोकने की ज़रूरत नहीं है। तुम्हें तो मैं बता ही चुका हूं कि जापानियों ने मुझे क्या-क्या दिया था, जब मैं कैद में था। लेकिन आज जापानियों का एक फौजी मिशन आया है। उनसे मिलने जाऊंगा। यह कोई खास बात नहीं है। मां से कहना, किसी तरह की फिक्र न करें। तुम्हारी पहली चिट्ठी में लिखा था कि मकान चूता है। बदल लो बंगला। बल्कि मेरी राय में तो तुम एक काम करो। मुझे तो तनख्वाह बराबर मिलती ही है। मैं घर भेजता ही हूं तुम्हें। अब तुम इण्टर में हो। नीलम भी इंटर की फर्स्ट इयर में है। पांच-छ:साल में तुम दोनों लायक हो ही जाओगे। सो ऐसा करो कि बैंक से रुपया ले लो और चार हज़ार की ज़मीन ले लो और आठ हज़ार तक में मकान बन जाएगा अच्छा-सा चार कमरों का। एक ड्राइंगरूम बना लेना। एक कमरा अम्मा का। दो तुम दोनों के लिए। सौ रुपये महीने बच जाएंगे। घर अपना रहेगा। वर्ना शायद रुपया उठ जाए। फिलहाल ऐसा करो। बाद में ऊपर चार

कमरे और बन जाएंगे। आठ कमरों का मकान काफी होगा। सुषमा तो चली ही जाएगी। इस मामले में सोचता हुं कि जापानियों के यहां कैद में रहा तो यह फायदा तो हुआ कि छूटने पर इकट्ठी तनख्वाह मिल गई। मां से पूछकर जवाब लिखना। मां के चरन छूना और तुम सबको मेरा आशीर्वाद! अभी नीलम में से अंग्रेज़ी कल्चर के ठाठ का नशा उतरा या नहीं? दिल्ली बुलाकर तुम्हें दिखाता, मगर तुम्हारा कालेज है। यहां तो दो दुनिया हैं। एक पुराना हिन्दुस्तान, एक पंजाबी बोलनेवाले अंग्रेज़ों का।

तुम्हारा—
रनवीर।"

रनवीर उठ जाता है।

गाड़ी आती है। रनवीर बैठता है और गाड़ी चल पड़ती है। रनवीर दिल्ली देखता है और अचानक उसे खयाल आता है—यहां हैं पंजाबी! सताए हुए। जिन्होंने भारत-विभाजन के समय भयानक कष्ट उठाए हैं। दुःख ने उन्हें तपा दिया है। लेकिन वह दुःख जिस निखार को ला सकता था, वह दिखाई क्यों नहीं देता? क्या दिल्ली के लोग इतने वीर हैं कि वे दुःख को दुःख ही नहीं समझते! या यह भी हो सकता है कि मैं अपने पद के कारण लोगों से मिल नहीं पाता और दुःख वहां हैं जहां इन्सान हैं, दुःख वहां नहीं दिखता जहां पैसा है, क्योंकि पैसा आज मक्कारी सिखाता है और पैसा ही अंग्रेज़ियत की नकल के आडम्बर में अपना खोखलापन छिपाना चाहता है। क्या सचमुच यहां जो चमक दिखाई दे रही है, उसकी तह में अंधेरा नहीं है...

रनवीर सोचता है, फिर वह सिगरेट पीने लगता है और देखता है, बहुत-सी भीड़ है, मर्द भी, औरतें भी...वह परिवार का व्यक्ति है, पर स्वयं अविवाहित है...एक उड़ती नज़र चुपचाप लड़कियों को देखती है, फिर लौट जाती है और रनवीर की आंखें देखती हैं, सिगरेट के धुएं को...

बनता है, घुमड़ता है, और फिर मिट जाता है...

वह पार्लियामेण्ट भवन के पास से आगे निकल गया। वे विशाल दीवारें कितनी भव्य लगती थीं। सब कुछ कितना साफ-सुथरा और सुन्दर था। विदेशी अवश्य इसे देखकर प्रभावित होते होंगे। मोटरें भागी जा रही थीं, चमकती हुई। उनमें दो नस्ल के इन्सान बैठते हुए बहुतायत से पाए जाते हैं। एक वे जो धोबी की भट्ठी में से सीधे निकलकर भभूका-से आते है। उनको नेता कहा जाता है। दूसरी नस्ल है लम्बे नाखूनों, सुर्ख रंगीन होंठों और कटे बालोंवाली औरतों के साथ बैठे सांवले या गेहुंए, हिन्दुस्तानी साहब। प्रायः दोनों नस्लों का केन्द्र एक ही होता है, मगर साहब की ऐंठ में घुटन होती है, क्योंकि उसकी उन्नति सीमित होती है, अतः वह काफी बेमुरव्वत होता है। उसे यह सदा ज्ञात रहता है कि वह सिर्फ एक पुर्ज़ा है। और पहली नस्लवालों के चेहरे पर एक बड़ी सलीस मुस्कान पैंतरे बदला करती है, क्योंकि उनकी उन्नति 'चुनाव' के कारण असीम होती है मगर यह लोग पैने होने पर भी बेमुरव्वत नहीं होते, क्योंकि चुनावों में फिर आम लोगों से काम पड़ता है।

यह आज़ाद हिन्दुस्तान है और यहां प्रजातन्त है। एक व्यक्ति खड़ा होता है चुनाव के लिए। कई वोट देते हैं। जब वह चुन लिया जाता है तो मंत्री हो जाता है, नहीं चुना जाता तो वह सिर्फ नेता रह जाता है। ध्यान टूट गया।

'हलो! हलो!'

रनवीर ने देखा।

दोस्त था। डॉक्टर आहुजा!

वही चिकनी ठोड़ी, सैलाब के पलट जाने पर निकली हुई चिकनी धरती-सा चेहरा।

और योंही रनवीर की गाड़ी बढ़ती रही, चलती रही, आखिर रुक गई।

रनवीर गाड़ी से उतरकर भीतर पहुंचा तो मिला डॉक्टर कावसजी।

'बहुत देर लगा दी तुमने।' कावसजी ने स्नेह से कहा। रनवीर ने कहा—'आ गए वे लोग?'

'अभी लंच खत्म हुआ है। आओ तुम्हारी मुलाकात करा दूं।'

'सब इकट्ठे हैं?'

'नहीं, इस वक्त सिर्फ एक कर्नल है। बाकी लोग अभी तैयार हो रहे हैं। आज यह लोग आगरे जाएंगे ताज देखने! अभी राष्ट्रपति की मोटर आती होगी।

'चलो फिर, मिल ही लें।'

रनवीर को उत्सुकता थी।

देखा, विशाल कमरे में एक मेज़ के सामने एक जापानी बैठा था। उसका सिर घुटा हुआ था और वह झुककर एक अखबार पढ़ रहा था।

डॉक्टर कावसजी ने आगे बढ़कर कहा, 'यह अंग्रेज़ी जानते हैं। आओ लेफ्टिनेण्ट कर्नल! मीट... कर्नल मत्सुओका...लेफ्टिनेंट कर्नल रनवीरसिंह...

जापानी ने सिर उठाकर देखा...

रनवीर ने उसकी ओर...

फिर दोनों ऐसे रह गए जैसे दोनों हतबुद्धि थे। मत्सुओका को जैसे लकवा मार गया था। वह खड़ा होना चाहता था, पर शायद वह निर्जीव हो गया था और रनवीर के नेत्र ऐसे फटे रह गए थे कि शायद वह देखकर भी देख नहीं पा रहा था। डॉक्टर कावसजी समझा नहीं। फिर हंसा और बोला, 'लगता है, पुरानी दोस्ती है...'

उसके हास्य ने दोनों को सचेत कर दिया।

रनवीर के होंठों पर एक विजय-भरी मुस्कान खेल गई। उसने हाथ बढ़ाकर कहा, 'कर्नल मुझसे सीनियर हैं, लेकिन मेरे बड़े पुराने दोस्त हैं, और यहां कोई है भी नहीं, लिहाज़ा अदब की फिक्र न करके हाथ मांगता हूं...'

कर्नल मत्सुओका ने हाथ बढ़ाया। उसका चेहरा जैसे शर्म से गीला

हो गया था। उसके मुंह से टूटे-फूटे शब्द निकले, 'किस्मत! अच्छे हो? दोस्त...'

'दोस्त!' रनवीर ने दुहराया, 'पुराने दोस्त!' और फिर वह एक बार खुले तरीके से हंसा ओर बोला, 'मुझे आपकी याद है कर्नल! आपको मैं याद रह गया...'

जापानी ने कंधे उचकाए। उसके चौड़े मुंह पर एक विचित्र ग्लानि का भाव आया और जैसे बैठ गया।

कावसजी ने कहा, 'वैल! तो फिर यह और भी अच्छा रहा। पुराने दोस्त! सिगरेट।'

उसने एक टिन बीच में रख दिया और कहा, 'मैं तब तक अपना काम खत्म करके आता हूं। ज़रा कल्चरल अटाशे से मुझे फोन पर बातें करनी हैं, यहीं हैं आजकल...'

उसके बूटों की आवाज़ बड़े सलीके की थी, बहुत कम आती थी, क्योंकि कालीन काफी मोटा था, और जब वह चला गया, रनवीर ने सिगरेट उठाकर कर्नल को पेश करते हुए कहा, 'सिगरेट!'

कर्नल उठ खड़ा हुआ। दर्द-भरी आंखों से वह उस टिन को देखता रहा और फिर वह कठोर लगनेवाला आदमी खिड़की के पास जाकर पीठ मोड़कर खड़ा हो गया। शायद उसने रूमाल निकालकर आंखें साफ कीं। रनवीर उठ खड़ा हुआ। कर्नल ने उसे देखा, और तब जैसे पहाड़ फरफरा उठा, वह मत्सुओका रनवीर को छाती से लगाकर रोने लगा।

'कर्नल! यह क्या है!' रनवीर फुसफुसाया, 'जो होना था हो गया। उसमें तुम्हारा कोई कसूर नहीं। उस वक्त हम भी गुलाम ही थे। अव उसकी याद से कोई फायदा नहीं। हम दोस्त हैं।'

कर्नल सुस्थिर हो गया। करुणा उसके नेत्रों में फिर भी झांकती रही।

'तुम...'कर्नल ने कहा...'आदमी नहीं हो रनवीर! तुम बुद्ध हो... तुम बुद्ध हो...'

रनवीर फिर हंसा। कहा, 'ओह कर्नल। इंडिया में बुद्ध बनना बड़ा कठिन है। आओ। छोड़ो। मैं बिल्कुल ठीक हूं। वह सब आया था। एक पहलू था। चला गया। कोई प्रतिहिंसा नहीं है अब। हिरोशिमा! अकेले हिरोशिमा ने मेरी घृणा छीन ली। अब मुझे शिकवा नहीं है। आदमी लड़ता है, यह दुनिया, एक बड़ा, बड़ा भारी जाल है। कर्नल! हम सब शतरंज के प्यादे हैं। उसे भूल जाओ!'

कर्नल गंभीर खड़ा रहा। फिर बोला, 'आओ!'

दोनों बैठ गए और सिगरेट पीने लगे। धुआं उठने लगा।

कर्नल ने कहा, 'रनवीर! तुम सचमुच भूल गए हो? तुमने सचमुच मुझे माफ कर दिया है?'

'माफ!' रनवीर ने मुस्कराकर कहा, 'तुमने करवा लिया कर्नल! तुमने करवा लिया!'

'वह कैसे?'

'सबका बदला इकट्ठा हिरोशिमा में चुकाकर!'

कर्नल थर्रा गया।

'हां, ठीक कहता हूं। तुमने अपने वक्त पर वह सब किया। आज भी मुझे राजनीतिक स्तर पर शायद तुमसे यह नहीं कहना चाहिए, लेकिन हम एलाईज़ की तरफ थे न? एलाईज़ ने क्या किया! हिरोशिमा? हिरोशिमा? हिरोशिमा कर्नल!'

रनवीर का स्वर उच्छ्वसित हो गया था। कर्नल सिर झुकाए सोच रहा था। उसने धीरे-धीरे सिर उठाया और कहा, लेफ्टिनेंट कर्नल! आदमी की तरह देश का भी एक भाग्य होता है? होता है? तुम्हारे यहां क्या कहते हैं?'

'नहीं कर्नल! मैं नहीं जानता वे क्या कहते हैं, पर इतना जानता हूं कि देश से भी ऊपर एक भाग्य है, और सारी दुनिया के आदमियों के लिए एक है...असल में हम सब इतने पास आ गए हैं, विज्ञान के साधनों के कारण, इतने पास...सचमुच बहुत पास।'

उसकी बातें अजीब ढंग से खत्म हुईं। मत्सुओका ने सिगरेट से सिगरेट

को सुलगाकर कहा, 'शायद तुम सच कहते हो यह! शायद मैं बाहर यह नहीं कहूंगा, लेकिन तुमसे कहता हूं, हमने अंगरेज़ों और अमरीकनों को कम नहीं सताया था। अब मैं उस सबको दूर रखकर देखता हूं न? अब वह सब मेरे इतने पास नहीं रहा है न? अरे हां! कोरिया को जो भारतीय सैनिक गए थे...'

'हां, मैं उनके साथ गया था।'

'वह तुम्हारा दाढ़ीवाला ब्रिगेडियर था! अच्छा आदमी था।'

'तुम कब मिले उससे?'

'वह हमें मिला था कलकत्ते में। टोकियो में नहीं।' कर्नल हंस पड़ा।

'टोकियो में तो मैं भी तुमसे नहीं मिला था, कर्नल! मेरी बड़ी इच्छा है तुम्हारा देश देखने की।'

कर्नल का चेहरा स्याह पड़ गया।

'अरे! तुम तो फिर कुछ सोचने लगे।' रनवीर ने कहा, 'मैं किसी और खयाल से नहीं कह रहा था।'

कर्नल कुछ क्षणों तक स्तब्ध बैठा रहा, फिर उसने कहा, 'लेकिन दोस्त! जापान अब वह जापान नहीं है। अमेरिका ने उसे इतने वर्षों में पीस दिया है!'

रनवीर ने कहा, 'सुनता रहा हूं।'

'हज़ारों जापानी लड़कियों के उनके सिपाहियों ने नाजायज़ बच्चे पैदा किए हैं। उन्हें नंगा नचाया है...हजारों घर तबाह हो गए...और वे मेरी बहन की लड़कियों को ले गए थे उन दिनों। वे भर गईं शर्म से। और हिरोशिमा में मेरा परिवार भस्म हो गया। लेकिन मैं नहीं मर सका।'

रनवीर ने देखा और कहा, 'होता है, ऐसा ही होता है कर्नल। आदमी जब मरना चाहता है, तब नहीं मरता। अब मुझे ही देखो...'

'रहने दो। रहने दो।' कर्नल ने उसका हाथ दबाकर कहा, 'मैं उसे नहीं सह सकूंगा लेफ्टिनेंट कर्नल! यह सब जो हुआ है उसीका फल लगता

है। बुद्ध! बुद्ध ने कहा था...पाप का फल पाप होता है न! राष्ट्र और देश का आदमी पर इतना ज़ोर क्या ठीक है रनवीर! इस सारी हत्या और दूसरे महायुद्ध ने हमें कहां पहुंचाया है? क्या हम तीसरे की तरफ बढ़ रहे हैं? सुबह हम राजघाट गए थे। गांधी की समाधि पर फूल चढ़ाने। वह आदमी इस सदी का ही था; वह नंगा था, लेकिन हम सब नंगे नहीं हैं; पर देखता हूं तो लगता है कि असल में वह नंगा नहीं था, हम सब नंगे हैं। उसे मार डाला गया, पर वह ज़िंदा है, और मैंने, जिसने लोगों को मारा है, लगता है, मैं ज़िंदा नहीं हूं। युद्ध ने मुझे क्या दिया है? मौत, बरबादी, और निराशा।'

रनवीर ने कहा : 'लेकिन ऐसा ही चित्र नहीं है कर्नल! मुझे लगता है युद्ध एक मास्टर है। सबक देता है। लेना, न लेना आदमी का काम है। इस युद्ध ने सबसे बड़ी चीज़ दी, वह थी दुःख! और दुःख की नींव पर ही खड़ा होता है प्रम का भवन! दुनिया पहले से करीब आ रही है, ऐसा मैं सोचता हूं।'

'कहां आ रही है लेफ्टिनेंट कर्नल!' उसने धीरे से झुककर कहा, 'रूस और अमेरिका! यह उद्जन बम, यह विनाशक वस्तुएं क्या धरी रह जाएंगी? पहला डंडा आदमी ने जानवर मारने को उठाया था, जिससे उसने दूसरे कबीले के आदमी का सिर तोड़ा और तब से तलवार, बन्दूक, तोप होता हुआ वह उद्जन बम तक आ गया है। बम बनने की तुक ही क्या है! दोनों तरफ से आत्मरक्षा। और इसका नतीजा?'

रनवीर ने उसके पास झुककर कहा, 'कर्नल! इतना तो सच है कि रूस हमला नहीं करेगा।'

'स्तालिन की मौत बताती है कि रूस में जनता और सर्वहारा के नाम पर एक गुट राज्य करता है।'

'लेकिन उसने जनता की खुशहाली तो की है, कर्नल! जापानी साम्राज्यवादी दृष्टि से न देखो! उसने बेहद तरक्की की है। क्या वह सब जार के ज़माने में हो सकता था? पर शायद तुम कहोगे कि तरक्की विज्ञान नें की है। रूस ने नहीं।

जापान ने भी की थीं। और अमरीका जैसा साम्राज्यवादी देश भी तरक्की कर ही सकता है। उसीने पहले अणु बम बनाया था!'

'यही मैं कहता था,' कर्नल ने कहा—'यह जो हगेरी वगहरा में बलवे हुए हैं...लेफ्टिनेंट कर्नल! मैं तब सिर्फ लेफ्टिनेंट था, लेकिन कोमितांग के चीन में वे बलवे मैंने देखे हैं जहां हमारी फौज़ें रहती थीं। मुझे रूस से आशा नहीं है।'

रनवीर क्षण-भर चुप रहा। फिर उसने द्वार की ओर देखा और कहा, 'आशा! किसकी आशा कर्नल?'

कर्नल मुस्कराया। कहा, 'शांति की।'

रनवीर आश्चर्यचकित-सा दिखाई दिया।

कर्नल ने कहा, 'ताकतवर कमज़ोर को कुचलता है।'

'लेकिन वहां तो जनता खुशहाल है।'

मत्सुओका ने सिर हिलाकर कहा, लेकिन सोच नहीं सकती। और जब सोच नहीं सकती, या एक ही दायरे में सोचती है, तब उसमें प्रेम कहां जन्म ले सकता है! हम भी नहीं सोचते थे, हम भी अपने दायरे में थे, वह एशिया, जापान का स्वप्न था, यह रूस का सुपना है, मार्क्स के नाम पर जनता को खुशहाली, खुशहाली का नाम वैज्ञानिक तरक्की और तरक्की के नाम पर अक्ल पर चादर! क्या यह मनुष्य के कल्याण का मार्ग है? क्या तुम समझते हो कि अब संसार में युद्ध नहीं होगा? यह उद्‌जन बम अब नहीं फटेंगे?

उसी समय डॉक्टर कावसजी ने अत्यन्त उत्तेजित हालत में प्रवेश किया और कहा, 'तुमने सुना! रेडियो न्यूज़ है, वण्डरफुल!'

'अद्भुत!'

'क्या है वह अद्भुत?'

मत्सुओका और रनवीर दोनों ने आश्चर्य से देखा। रनवीर ने कहा, 'क्या हुआ?'

'घोर आश्चर्य!'

"आखिर!'

'रूस ने कमाल कर दिया! उपग्रह उड़ा दिया है आकाश में। अब वह दिन आएगा जब इंसान चांद पर जाएगा, जाएगा इस विशाल शून्य में, देखेगा जाने कितने आश्चर्य!'

वह स्फुरित था। उसने फिर कहा, 'सचमुच! यह रूस की जीत है।'

रनवीर ने दृढ़ स्वर से कहा, 'डॉक्टर! रूस की जीत कहकर इस जीत को छोटा क्यों करते हैं, डॉक्टर! यह इंसान की जीत है। जिस दिन तेनज़िंग एवरेस्ट पर चढ़ा था, वह भारत की जीत नहीं, इंसान की जीत थी। जिस दिन शेक्सपियर ने हैमलेट पूरा किया था, उस दिन वह इंगलैंड की जीत नहीं, इसान की जीत थी। डॉक्टर! हमें दूसरे युद्ध ने बताया है, यह दुनिया, एक दुनिया है। इसके मुख्तलिफ सूबे हैं। यह जो सिद्धांत-विद्धांत हैं, इन सबसे ऊपर आदमी है।

'कौन-सा आदमी?' डॉक्टर ने अचकचाकर पूछा।

'वह आदमी!' रनवीर ने कहा, 'जिसे तुम दवा देते हो। दुनिया के सारे इंसानों पर एक मर्ज़ में एक ही दवा लागू होती है। मलेरिया में वही क्विनीन, कैमोक्वीन, और फोड़े के लिए वही...'

'ओह यस-यस,' डॉक्टर ने सिर हिलाकर कहा—'यह उपग्रह! उपग्रह का नतीजा क्या होगा?'

'होगा क्या!' रनवीर ने कहा—'यह कर्नल से पूछिए। लेकिन मैं बता सकता हूं।'

'क्या?' कर्नल ने पूछा।

'वह यह कि उद्‌जन बमों को समुद्र में डुबा देना चाहिए और हर जगह इंसान की तरक्की, अमन और खुशहाली की तरफ जुट जाना चाहिए... इसका नतीजा होना चाहिए कि अब सारी दुनिया में एक ही सरकार बननी चाहिए...'

'एक सुपना!' कर्नल ने कहा।

डॉक्टर कावसजी हंसा। उसने कहा, 'लेफ्टिनेंट कर्नल! यह खबर

अच्छी रही। तुमने तो पैगम्बरों को मात कर दिया! और तुम फौजी होकर भी यह बात करते हो! फौज याने जंग!'

रनवीर का मुख उदास-सा हो गया। उसने कहा, 'कॉलेज में पढ़ा था, उसके बाद कभी पढ़ने का मौका नहीं मिला, डॉक्टर! इसलिए ज़्यादा मैं बहस नहीं कर सकता। केण्टीन, फील्ड और यह ज़िंदगी का घिराव! फिर भी ज़िंदगी ने जो कुछ सिखाया है वह यह कहता है कि फौज हिंसा है। कुछ लोगों का स्वार्थ लड़ाता है फौज को। मैंने अभी महाभारत का एक अनुवाद अंग्रेज़ी में पढ़ा था। उस वक्त भी यही समस्या थी। और जिन्हें हम बड़ा मानते हैं—ईसा, बुद्ध, नानक, सब कहते थे हिंसा बुरी है। गांधी इसके आखिरी पैगम्बर थे। सचमुच! हम क्यों लड़ते हैं? लेकिन बड़ी सचाई यह है कि हम लडते हैं, और हम लड़ने के लिए ही रखे जाते हैं।'

'और बिना लड़े,' मत्सुओका ने कहा—'दुनिया में शान्ति रह सकती है? क्या तब बलवान अपने से निर्बल को नहीं दबाएगा?'

'अरे छोड़ो!' डॉक्टर कावसजी ने कहा, 'बात उपग्रह की चल रही थी। उसके बारे में तो सोचो। रेडियो कहता है कि अमेरिका में खलबली मच गई है। तुम नहीं सोचते कि दुनिया और इंसान आज एक बिलकुल नये मोड़ पर आ गए हैं। जब रेल बनी थी तब! तब से कितना आगे! कितना क्या कुछ न देखेगा आदमी अब! चांद! मंगल! शनि! नये-नये सूरज! आकाश-गंगा... विराट्... विराट्...'

रनवीर ने धीरे से कहा, 'यों ही थोड़ा-बहुत सुना है कि आइन्स्टाईन ने बताया है कि यह सारी सृष्टि सीमित है! उसमें आदमी घूमेगा। अपने से बहुत बड़े संसार में; लेकिन क्या देखेगा वह? मैटर! पदार्थ! पदार्थ के अनेकों रूप! नुमायश जैसी करामात! पर वही मूल अण जो उसने धरती पर देखा है। उससे अधिक क्या देखेगा वह? इस धरती पर क्या कम चमत्कार हैं।'

कर्नल मत्सुओका ने कहा, 'यानी विज्ञान की उन्नति से तुमको कोई आश्चर्य नहीं होता!'

'आश्चर्य नहीं होता कर्नल, खुशी होती है, लेकिन बहुत डर लगता है कि यह तरक्की न जाने किस दिन सर्वनाश बन जाएगी। सारी सभ्यता, इंसानियत, धरती, सब आज टंगा हुआ है! इतनी बड़ी विजय और प्रसन्नता, और इतना भयानक भय, और संकट, शायद कभी नहीं आया था। इतना सर्द है यह डर कि हम दुःख झेलते हैं, और फिर उसपर ध्यान देकर सोचने का भी वक्त नहीं मिलता, और न जाने क्यों ऐसी हालत आ गई है कि एक का दर्द दूसरे तक पहुंचता नहीं, सुधारक, नेता, लेखक, अफसर यहां तक कि जनता, यह मैं किसी एक देश के बारे में नहीं कहता, सब बेचैन हैं, और सब पलटता देखते हैं तख्ते को...स्वार्थ घुसा है, अहंकार बहुत बढ़ गया है, और हिंसा हमारी उन्नति की छाया बन गई है। उपग्रह ऊपर उड़ा है आदमी की उन्नति का दीपक बनकर, मगर धरती पर जो उसकी छाया गिर रही है वह क्या कम शंका दे रही है?

बात खत्म होते ही बाहर बरामदे में जूतों की आवाज़ें सुनाई देने लगीं।

'कर्नल!' रनवीर ने कहा, 'किस्मत ने हमें मिलाया है। अब लोग आ रहे हैं। हमें फिर गम्भीर हो जाना चाहिए। फिर हम आदमी नहीं रहे, राष्ट्र हो गए हैं। डॉक्टर कावसजी की किस्मत ज़्यादा अच्छी है। उनके लिए हर हालत में हर आदमी आदमी ही है...'

'श्योर, श्योर...(अवश्य) कहते हुए डॉक्टर ने बाहर झांका।

भीतर जापानी सेना-नायक आने लगे।

ब्रिगेडियर ने भीतर प्रवेश किया...

चारों ओर स्तब्धता छा गई।

बंगले में लौटते ही अर्दली ने कहा, 'हुज़ूर! दो खत मेज़ पर रखे हैं। दूसरी डाक से आए हैं।'

जाकर उसने खोले। एक फिर छोटे का था। दूसरा था हुक्म!

कल ही काश्मीर जाना होगा।

उसने छोटे के पत्र को पढ़,

यह फोटो भिजवाया है अम्मा ने।

एक सरसरी निगाह से देखा। अच्छी लड़की थी।

लेकिन उसका ध्यान ज़्यादा नहीं गया। सामान ठीक करना था। तुरन्त अर्दली को सूचना दी।

एक पत्र लिखा—

"प्रिय छोटे,

मैं कल ही काश्मीर जा रहा हूं। इस वक्त मुझे ज़रा भी फुर्सत नहीं है। काश्मीर से लिखूंगा।"

'पहला खत डाल दिया था?' अर्दली से पूछा।

'जी हां, वह मैंने डालने को चपरासी को दे दिया था।'

'पूछो उससे।'

लौटकर अर्दली ने कहा—'हुज़ूर! वह भूल गया। मैं अभी डालकर आता हूं।'

'नहीं डाला है तो ले आओ!'

अर्दली मुस्कराया।

साहब तनिक भी क्रुद्ध नहीं दीखता था। जैसे इस गफलत से उसे खुशी हुई थी।

अपने हाथों से ही रनवीर ने वह पत्र अपनी डायरी में रख लिया और एक अनजानी लम्बी सांस ली।

शाम पार्टी में बीती जहां मिसेज़ अहलूवालिया और मिस सक्सेना उसके पास बैठी हुई अपनी अमेरिका और इंगलैंड यात्रा के किस्से सुनाती रहीं। वे अभी कल्चरल मिशन में गई थीं। रनवीर मन ही मन

उनके सांस्कृतिक ज्ञान पर हंसा, पर एक बड़े अफसर की बीवी थी, दूसरी बेटी।

चलो! होता है!

रनवीर जब बिस्तरे पर लौटा तो तीन बज रहे थे। पलकें मुंदीं तो सुबह ही खुलीं।

उसने घड़ी देखी और जल्दी से उठ बैठा।

थक गया है रनवीर...

बहुत थक गया है।

अर्दली कहता है, 'चाय लीजिए हुज़ूर...'

रनवीर चाय सुटकता है...

'हुज़ूर, बड़ी सर्दी है।' कहते हुए उसके दांत बजने लगते हैं।

नवम्बर का प्रारम्भ है।

काश्मीर बर्फ से छाने लगा है। और यह है बिल्कुल उत्तर पश्चिम, पाकिस्तान की सीमा...

लम्बी कुर्सी पर रनवीर घुटनों तक ऊंचे बूट पहने है और पांवों पर कम्बल पड़ा है।

बाहर तूफानी हवाए चल रही हैं।

'सब लोग आ गए?'

'हां हुज़ूर, अपने टेण्टस् में हैं।'

'उस पाकिस्तानी को कहां रखा है?'

'हुज़ूर, वह तो लंगड़ा है। घायल हो गया है। डाक्टर साहब उसे देख रहे हैं।'

रनवीर प्याला खत्म करके बढ़ाता है। ऊनी टोपी से ढकी चायदानी से अर्दली चाय ढालकर दूसरा प्याला बनाता है। पास ही रेडियो पर नज़र जाती है...

रनवीर कहता है, 'ज़रा इसे स्विच करना। कोई खास खबर...'

अर्दली कहता है, 'हुज़ूर, खबरों का वक्त तो निकल गया।'

'अच्छा!' रनवीर चौंकता है।

अक्सर इधर पाकिस्तानी लुटेरे आ घुसते हैं और काश्मीरी ग्रामीणों को लूटा करते हैं। उसने बड़ी कड़ी टक्कर ली है। तीन घंटे दोनों तरफ से गोली चली है और अन्त में एक लंगड़ा पकड़ा गया है। कहता है—वह आज़ाद काश्मीर सेना का एक बैरा है किसी अफसर का। लंगड़ा...

'तुमने देखा है उसे? कितना लंगड़ा है?'

'ज़रा लंग करता है हुज़ूर! वर्ना वह तो भाग लेता है। बड़ा निडर है हुज़ूर! सिपाहियों से कहता था कि उसने जंग में बड़े-बड़े हमंले देखे हैं, इस रेड से वह नहीं डरता।'

अर्दली फिर कहता है—'हुज़ूर, यह बड़ा नुकसान करते हैं! काश्मीर का मामला कब सुलझ जाएगा, हुज़ूर? लंगड़ा कहता था कि हिन्दुस्तान की सरकार मुसलमानों पर ज़ुल्म करती है। मैंने कहा हुज़ूर, तो क्या इसीलिए तुम सीधे-सादे गांववालों को लूटने आते हो...'

रनवीर ऊब रहा था।

उसने कहा—'वह लैंप ज़रा ऊंचा कर दो और वह डायरी निकालो अटैची से। मैं ज़रा अब सोऊंगा। बाहर सब ठीक है न?'

'बिलकुल हुज़ूर!"

अर्दली चला गया है। रनवीर बूट पहने ही कंबल ओढ़कर तकिये के सहारे टिककर डायरी खोलता है।

दृष्टि पड़ती है—

इंजीनियर की लड़की है...

छोटे का पत्र है...

अब क्या रनवीर बसाएगा घर...

डायरी रखी रह गई है...

रनवीर ने कंबल और ऊपर सरका लिया है...

बाहर तूफानी हवा की आवाज़ें सुनाई दे रही हैं, जो खड्डों और पहाड़ों से टकरा रही हैं...

क्या मुसीबत है यह ज़िन्दगी...

कहां दिल्ली...

फिर आसमान और हवाई जहाज़...सारी दुनिया नीचे,बहुत नीचे से खिसलती चली गई...

फिर बसेगा घर अब?

किसलिए...

चित्र की स्त्री सामने आ खड़ी हुई है।

मैं इस अनजाने इतिहास में खड़ी हूं...तुम मुझे अपना लो...अपना लो मुझे...

मैं! मैं बहुत व्याकुल हूं...सच, तुम्हारी आंखें मुझे अच्छी लगती हैं... पर मेरा जीवन बहुत बड़ा संघर्ष है...यह सभ्यता एक विकराल देवी की उपासना है और मैं उसमें बलि का एक बकरा हूं...

छिः संघर्ष जीवन है! हारो मत। मैं वह स्त्री नहीं, जो तुम्हें रोकूं... मैं संगिनी बनूंगी...

डॉक्टर कावसजी के आश्चर्य-भरे नेत्र...और आकाश का उपग्रह ...और मत्सुओका के नयनों के आंसू...और सुदूर प्रतीक्षा करते मां के नयन...

यह सब क्या है?

व्यक्ति के कितने पहलू हैं...

हा हा हा हा...

बाहर गरज रहा है तूफान...

बर्फानी...

पेड़ ठिठुर गए होंगे...

मत्सुओका! कहां गया तेरा वह अभिमान! किसने तुझे मनुष्य बना दिया! पर क्या अब भी तू सचमुच मनुष्य बन गया है?

कितनी भयानक जगह है...

खच्चर की सवारी...

नीचे देखते डर लगता था...

अथाह खड्ड। नीचे अंधेरा...ज़रा पांव फिसला और फिर हमेशा के लिए एक मीठी नींद...अंधेरे खड्ड की एक स्याह अंगड़ाई...और कुछ नहीं...सिर्फ गज़ट के किसी कोने में...लेफ्टिनेंट कर्नल रनवीर की मौत की खबर।

रनवीर सिहर उठता है।

क्यों लड़ता है इन्सान?

धन।

राज्य।

और मां कहती है—बेटा! घर बसा लो।

घर!

क्या है घर?

इस वक्त क्या कर रहा होगा छोटे?

छोटे, नीलम और सुषमा! बातें करते होंगे...कॉलेज की, सुषमा की आंखों में रंगीन सुपने होंगे। बिटिया दुल्हन बननेवाली है। कैसी छोटी-सी थी! कैसी तुतलाकर बातें करती थी! और वह सब कितना सुन्दर बन गया है! अब वह दुल्हन बनेगी! काश पहुंच पाता वहां! बाप नहीं है! मैं होता तो मां कितनी प्रसन्न होतीं! पर काम तो सब चलेगा ही। और मैं जाऊंगा, तब भी क्या है? लोग सम्मान करेंगे, पद का, धन का, परन्तु मेरी मुसीबत कौन देखेगा?

मां के नयनों का गीला स्नेह।

वह कितना निर्मल है!

और इंजीनियर की यह लड़की।

क्या करूं मैं?

चित्र कितना सुन्दर है!

बड़ी चाहना से खिंचवाया है।

कोई मुझे देखे और रीझे।

रीझे और मुझे अपना ले।

फिर मैं उसके लिए एक घोंसला बनाऊं।

भटकते हुए पुरुष के लिए स्त्री कितना बड़ा सहारा है! निर्बलता की मिठास में जीवन है, बल के गर्व में एक भयानकता।

बाहर तूफान गरज रहा है।

इस समय यह बैठी होगी।

मां कहती होगी बिटिया! तेरा ब्याह हो जाए तो!

कैसी बातें करते होंगे वे मेरे बारे में?

इतने दिन तक शादी क्यों न की?

बीस के गए थे लड़ाई पर, तो 46 में लौट आए थे। तब से ग्यारह बरस बीत गए। फिर...

कहीं वे ये तो न समझते होंगे कि फौजी आदमी है, उसका क्या भरोसा, जाने कहां-कहां मुंह मारता होगा...

घृणित...कितना घृणित...

लेकिन कितना सत्य है...

लोग हमसे डरते हैं, हमें चाहते नहीं, उन्हें हमारे आतंक ने दबाया है, उन्हें हमसे सहानुभूति नहीं लगती; क्यों नहीं वे सोचते कि हम भी मनुष्य हैं...

नहीं सोचते...

क्योंकि हज़ार साल से सेना भारत में जनता की शत्रु बनकर रही है... किसी न किसी राजा के स्वार्थ की भुजा बनकर...

सेना का इतिहास है लूट...

पर अब तो देश अपना ही है...

फिर भी नहीं मिलता है स्नेह...

सच बताओ! चित्र में ऐसी खड़ी हो तुम जैसे...कोई खिला हुआ सुगन्धित फूल...

बीन की सी झकार रही हो तुम...

पर मैं तो एक कठोर बन्दूक हूं सुन्दरी...

सैनिक की तृष्णा।

स्त्री मांस है...वासना...

नहीं...नहीं...यह झूठ है...

सैनिक के भी हृदय होता है...वह भी चाहता है एक कोना...इस विशाल संसार में एक कोना...जहां मन उंडेल सके, जहां उसकी हर कराह पर कोई आंख गीली हो सके...

पर कहीं तुम मेरे पद और वैभव की ही तो आकांक्षिणी नहीं हो? पार्टियों, दावतों की, जहां वैभव बोलता है, जहां सिपाही तोपों का भोजन बनकर कवायद करते हुए निकलते हैं...लेकिन क्यों... किसी महान आदर्श के लिए...करोड़ों की शान्ति और रक्षा के लिए हम प्राण देते हैं...

यह भी झूठ है...

युद्ध शस्त्र-बल है...आज की दुनिया में जिसके पास विज्ञान के नये आविष्कार हैं, वही जीतता है...वही दबा सकता है...परन्तु क्या प्राचीन काल से ऐसा ही होता नहीं चला आ रहा है? पहले वीरता थी... अब वीरता नहीं, घात है...शस्त्र-बल ने ही मनुष्य को चलाया है...

लेकिन क्या मनुष्य केवल शस्त्र-बल से दबा है? नहीं, नहीं दबा है। जीता वही है जिसने मनुष्यत्व के लिए बलिदान दिया है, जिसने संसार के लिए अपने को मिटाया है, वही हमारे जीवन का संबल बनकर रहा है, और जिसने शस्त्र उठाया है, वह लोक में क्या कर सका है...यदि उसने आदर्श की भी प्रतिष्ठा की है तो क्या वह आत्मसुख और संतोष भी दे सका है?

आकाश में उपग्रह चक्कर लगा रहा है...मनुष्य की बुद्धि की जययात्रा, और धरती पर मैं बन्दूक लिए पड़ा हूं...क्योंकि देश की सीमा का छोटा आदर्श भी हम अभी तक लांघ नहीं सके हैं, क्योंकि अभी तक दूसरे को हड़पने की तृष्णा का स्वार्थ बाकी है, क्योंकि इंसान अभी तक इंसान का कत्ल करने में नहीं हिचकिचाता...उसके झूठे आदर्श आदमी के बहुमूल्य

जीवन से आज भी ऊंचे माने जाते हैं...माने जाते हैं क्योंकि संसार में स्वार्थ है, अहंकार है...और मनुष्य के सामने मनुष्य का मूल्य अभी तक ठीक से जागा नहीं है...

और इस भयानक हलचल में, विजय के भीषण निनाद और संघर्ष के अन्धकार-भरे चीत्कारों में, व्यक्ति सुख खोज रहा है...प्यार में... कौन देगा मुझे...

तुम दोगी मुझे...

अखण्ड प्यार...

मेरी बीन...

झंकार में सृष्टि कांपेगी विभोर होकर...

यातना के पर्दे उधार दूंगा तुम्हारे सामने...

सच, जीवन की सौगन्ध है, प्यार बहुत बड़ा संबल है...दे सकोगी मुझे...

बाहर तूफान गरज रहा है...

बर्फ भी गिर रही है...

रनवीर की पलकें मुंद गई हैं...

एक बार भरी पिस्तौल को हाथ से छूता है...

और तब जागते हैं उसके सामने अनेक चित्र...

उपग्रह चक्कर लगा रहा है...

भविष्य की सुखद कल्पना की रानी...इंजीनियर की लड़की...

मत्सुओका के आंसू...

आज़ाद काश्मीर के नाम पर हमला करनेवाले लुटेरे...

मां प्रतीक्षा कर रही है...

और नाहर तुफान गरज रहा है...और सोच रहा है रनवीर... पिस्तौल पर हाथ धरकर...विजन पर्वत के टेण्ट में पड़ा हुआ...

दो

सन् 1941 ई० में दिसम्बर का महीना था। बम्बई से चलते समय कुछ भी नहीं बताया गया। रेगिस्तान की लड़ाई सिखाने को वे लोग ले जाए गए थे। उनको हरएक सामान हल्के रंग का ही दिया गया था। सिर पर हल्के रंग का कण्टोप था, किट का रंग बाह्य वस्तुओं के अनुकरण पर था। परन्तु यह अब सिंगापुर था। यहां वह सन छोड़ दिया गया। समुद्र की अथाह लहरों पर जब वे चले तब उनको यह भी ज्ञात नहीं था कि उस समय उनके जीवन को वह जहाज़ कहां ले जाएगा; क्योंकि पग-पग पर शत्रु थे, उनको कुछ भी ज्ञात हो जाना संकट को निमन्त्रण देना था। कब तक डेक पर रहें, वह एक दुःस्वप्न की सी याद थी। डॉ० महीधर के चौड़े मुख में अटका काला सिगार उसके मदरासी मुख को और भी कुछ खुदरापन देकर धीरे-धीरे धुएं में कुलबुलाने लगता था। डॉक्टर हंसमुख आदमी था। उसका घर दक्षिण में कोडाई कैनाल में था। उसकी आसपास में ज़मींदारी थी, जिसमें उसके खानदान के लोग इलायची की लाभदायक और कीमती खेती किया करते थे। डॉक्टर जीवन में मस्त रहकर उसका मज़ा लूटना चाहता था। उसने धीरे से रनवीर का कंधा थपथपाया। चालीस साल की आयु में संयम तो होता ही है, यदि उसमें एक बाह्याकृति में अनुकरणशील हास्य और हो तो फिर तरुण हृदय में वह एक सौहार्द उत्पन्न करने की क्षमता रखता है। रनवीर ने भौं टेढ़ी करके देखा।

'कहां जा रहे हैं हम डाक्टर?'

डॉक्टर मुस्कराया।

'क्यों, उसने कहा, 'आपका कहीं कोई काम अटका हुआ है?'

एक कठोर बम की तरह वास्तविकता का विस्फोट हुआ। रनवीर का स्वप्न टूटा। बाईं तरफ खलासी आपस में धीरे-धीरे बातें कर रहे थे। जहाज़ की धड़कन समुद्र के पानी में फेन उगलती दूर धुंधले-से दिखते किनारे की तरफ बढ़ती चली जा रही थी। अथाह पानी। रनवीर अकेला था जिसे एक ही बार खारी पानी से मिचली और उबकाइयों ने सताया

था। पर कप्तान सांडर्स, विलायत से आया था, फिर भी वह टेढ़ा मुंह करके कहा करता था : कम्बख्त! कम्बख्त! तो क्या इन्हीं दो शब्दों में उसकी विवशता प्रकट हो सकती थी? अधिक बोलते-बोलते जैसे वह रुक जाया करता था। उसमें खतरा था, क्योंकि वह अंग्रेज़ था और यह जो कुछ हो रहा था, साहबों की शतरंज की चालें थीं, उनका वह मुखर विरोध करने का अधिकारी नहीं था।

और फिर सिंगापुर का वह विशाल गौरव जहां मलयद्वीपस्थ लोग अंग्रेज़ों के गुलाम बनकर घूमते थे। उन्होंने रनवीर को देखा तो अविश्वास से।

सुमात्रा और जावा के बीच सुन्दाबे में अचानक जहाज़ी चौंक उठे। दस जहाज़ जा रहे थे। पांच माल के जहाज़ थे। एम्प्रेस ऑफ इण्डिया भी था। हठात् आकाश घरघराने लगा। एक पुकार जहाज़ से उठी—हमला! सब आतंकित हो उठे। रनवीर ने अपने केबिन के द्वार से झांका। डॉक्टर महीधर हंसा। उसके चौड़े दांतों के बीच की जगह दिखाई दी। कप्तान सांडर्स का मुंह पीला पड़ गया था। पहली बार जापानी हवाई जहाज़ों का आक्रमण हुआ था। जहाज़ पानी पर थर्राने लगे। हवाई जहाज़ों की घर्र-घर्र करती आवाज़ को तड़काकर कुत्ते की कर्कश-भरी भूक उठी। एण्टी एयरक्राफ्टगन चली थी।

प्राण कण्ठ में आकर इकट्ठे हो गए थे। लगता था, चेहरे लोहे के हो गए थे। रनवीर को लगा अब अन्तिम पल आ गए थे। उसने डेक पर दौड़कर चक्कर लगाया। पास ही लगा, ढेर-ढेर पानी चीत्कार करके आकाश की ओर उठ रहा था। तीन मिनट बाद एम्प्रेस ऑफ इण्डिया से लपटें निकलती दिखाई दीं। हवाई जहाज़ लौट गए। डॉ. महीधर ने पुकारा, कुत्ते! सूअर!

अंग्रेज़ीं में उसकी आवाज़ सुनकर सब एकत्र हो गए। एक सिपाही डेक पर पड़ा था। उसका गला बीच से कट गया था। बम का टुकड़ा लगा था। उसकी आंखें निकल आई थीं। उसका स्वप्न आज भी जैसे खुले होंठों

पर से अपनी अधूरी बात कहना चाहता था। वह नाइक था। रनवीर ने देखा। देखा, मृत्यु की विकरालता ने सबके चेहरों पर झिल्ली-सी डाल दी थी। पर सबसे पहले डॉ० महीधर मुस्कराया। उसने भर्राए स्वर में कहा, 'बदला लेंगे।'

पर रनवीर ने देखा, सब उतने पवित्र बन्धन में नहीं बंधे थे। भाग्यवाद की विषण्णता ने उनको आक्रांत कर रखा था। सिक्ख लेफ्टिनेंट की आंखों का भाव स्पष्ट नहीं था। पर रनवीर को ध्यान आया। वह खाने की मेज़ पर भी अपनी अधूरी तृप्ति में ही भूला हुआ रहता था। नाइक का शव उन्होंने धीरे-धीरे उठाया और समुद्र की विशाल, अतलान्त, अपरिमित जलराशि को समर्पित कर दिया। सिक्ख हरीसिंह ने पंजाबी स्वर में कहा था, 'अरे साले कायर हैं। कायर...'

पर भय उसके भीतर था। रनवीर को लगा, अब जीवन एक कठोर यात्रा के समान रह गया था।

जीवन-रक्षक—एम्प्रेस ऑफ इण्डिया से लोगों को बचाया जा रहा था। कुछ नावें भेज दी गई थीं। विस्तृत जल-समूह पर धीरे-धीरे रंगबिरंगी लपटों में सुलगता जहाज़ देखकर रनवीर को स्वयं इस विचार पर आश्चर्य हुआ कि वह उसे बर्फ का ग्लेशियर-सा लगा जो अपने सौन्दर्य में पिघलता हुआ दिखाई दिया। पर यह विचार टूट गया। धुआं आकाश में अब छत्ता-सा बनाकर फैलने लगा था। लहरों पर हरी-पीली छांह कांप रही थी। उस हल्के प्रकाश में चलती लाइफ बोटों से बंधी डरी हुई संघर्षरत आकृतियां काली-काली ऐसी लग रही थीं जैसे आज वे लहरों पर युद्ध करती हुई भी विक्षुब्ध नहीं हुई थीं। डॉ० महीधर ने रनवीर के कंधे पर पीछे से हाथ रखकर कहा, 'देखते हो?'

उसके स्वर में आतंक था। रनवीर ने कहा, 'अब? इसका क्या होगा?'

डॉ० महीधर ने व्यंग्य से कहा था वैसे ही, रनवीर नहीं समझा। उसके होंठ मुड़े और रनवीर ने सुना, 'आज समन्दर पर ही एम्प्रेस

में आग लग गई है।' फिर वह घुटन-भरी हसी, उस समय 'एम्प्रेस' जहाज़ के लिए थी या सम्राज्ञी के लिए, रनवीर नहीं समझा। पर उसके भी अंतस्तल में एक सुरसुराहट हुई। जहाज़ में खड़े-खड़े भी इंसान सचमुच ऊब जाता है।

आकाश का अन्धकार, नीचे खलासियों की बातचीत, उठते हुए मांस की गंध और अफसरों की भारी जूतों वाली चाल, सबको दबाकर डॉ० महीधर ने धीरे से फुसफुसाहट-भरे स्वर से कहा, 'अब यह तीन दिन में जल जाएगा।'

तीन दिन! इतना विशाल जहाज़! रनवीर को कुछ भय हुआ। यह भय एक आतंक था, जिसने उसे अपनी तुच्छता का भान कराया। चलता-फिरता शहर था वह जहाज़।

डॉ० महीधर के हाथों में सिगार हिल रहा था और रनवीर सिगरेट जलाते हुए देखता रहा। डॉ० ने कहा, 'लेफ्टिनेंट!'

स्नेह का स्वर तो पाताल फोड़ने की शक्ति रखता है। लेफ्टिनेंट ने सुना, 'आज मेरा पहला बेटा ज़िन्दा होता तो तुम्हारी उम्र का होता। उसकी आंख की भौंएं भी तुम्हारी ही जैसी थीं।

अब रनवीर की समझ में आया। मनुष्य का प्रेम मूलतः भाववादी नहीं, आकृतिमूलक है, क्योंकि उसकी प्रत्येक कल्पना का कोई मूर्त आधार चाहिए। तब रनवीर को कॉलेज की बहसें याद हो आईं जो वे लोग बैठकर बड़े आराम से हेगेल और स्पिनोज़ा की लाशों पर किया करते थे।

उसने डॉक्टर के दोनों हाथ पकड़ लिए और तब उन दोनों ने पहली बार वास्तविक सौहार्द से देखा। वे सब एक-दूसरे के सहयोगी थे, पर मिल नहीं थे। किसी भी संघशक्ति में स्नेह के स्थान को कर्तव्य ढंककर एक-दूसरे को निकट लाने का प्रयत्न किया करता है; परन्तु मिलता दुर्लभ है। और मनुष्य प्रत्येक परिस्थिति में वह निकट का सान्निध्य चाहता है। समुद्र की अतल लहरों पर जब दो हाथ प्रेम से मिलते हैं तब

वे दुर्दम लहरें भी दीन-सी प्रतीत होती हैं।

रात हो गई थी। तीन तारीख थी। जनवरी का अंधेरा था। वे लोग ठहर गए थे। सिंगापुर थर्रा गया। देखते ही देखते सामने की इमारत धू-धू करके जलने लगी। जहाज़ पर कोलाहल हो रहा था। जवानों के मुंह से हुंकार फूटती थी। रनवीर कुत्ते की तरह थका हुआ था। आंखें झुकी जाती थीं। किनारे पर उतरने के पहले जहाज़ पर सुबह चार बजे उन्होंने खाना खाया। उतरने को तैयार तीर पर खड़े-खड़े उन्हें चौबीस घंटे बीत चुके थे। एकाएक फिर आकाश घरघराया। पानी के पास ही बाईं ओर बम गिरकर फटा, जिससे जहाज़ पर आघात हुआ। सामने के सात फौजी जवान औंधे मुंह गिरे। खलासी पुकार उठे—जवान मारा गया!

सामान लेकर सब लोग उतरने लगे। वे लगभग भाग रहे थे। हवाई जहाज़ लौट चुके थे। एक सन्नाटा छा गया था। लाशें सामने पड़ी थीं। डॉ० महीधर ने पुकारा, 'लेफ्टिनेंट रनवीरसिंह!'

'यस सर!' रनवीर ने पास जाकर कहा।

डॉक पर उस समय भारी जूतों की प्रतिध्वनि होने लगी थी। डॉक से लगभग सौ गज़ दूर पर ही रेल तैयार खड़ी थी जिसमें वे जानेवाले थे। वे लोग तेज़ी से गाड़ी में घुस गए। गाड़ी चल दी। रनवीर सीट पर गिरते ही सो गया। डिब्बे में गर्मी थी। दिन की धूप चढ़ आई थी जब उसकी आंखें खुलीं। उठकर पानी पिया। छोटे स्टेशनों पर से केले लेकर खाए। सारा देश हरा-हरा दिखाई देता था। कहीं-कहीं छोटी-छोटी बस्तियां दिखाई देतीं।

कप्तान सांडर्स डॉ० महीधर के साथ बैठा व्हिस्की पी रहा था। रनवीर ने उसके पास जाना उचित नहीं समझा। अपने सामने बैठे लेफ्टिनेंट अताउल्ला से उसकी बातें होती रहीं।

और ऐसे ही धीरे-धीरे रात हो गई। रनवीर सो गया था। अताउल्ला का भयभीत स्वर सुनाई दिया—'लेफ्टिनेंट! लेफ्टिनेंट रनवीर!'

'क्या हुआ यार?' रनवीर ने करवट बदलकर कहा।

'गाड़ी रुक गई है।'

'गाड़ी!' रनवीर ने उठते हुए कहा, 'क्यों?'

'हवाई हमला हो रहा है।'

अब रनवीर ने धीरे से खिड़की से सिर निकालकर देखा। गाड़ी खड़ी रही, खड़ी रही। बहुत देर बीत गई।

रुकती-चलती, चलती-रुकती गाड़ी मलाका के उत्तर-पूर्व में मलय के मध्य में जैसिन पहुंची, तब दो दिन बीत गए थे पांच तारीख थी। और जैसिन की धरती और आकाश बमबारी से धड़क रहे थे। निरंतर जापानी जहाज़ हमला किया करते।

रनवीर और अताउल्ला को आज्ञा मिली। वे बढ़े। तभी देखा डॉक्टर महीधर भी उनके साथ था। तीनों प्रसन्न थे।

जाड़े के अतिरिक्त वस्त्र साथ थे। जाकर जंगल में डम्प्स बनाए। रबड़ के ऊंचे-ऊंचे वृक्ष उगे थे। उनकी हरियाली इतनी धनी थी कि धूप नीचे नहीं आती थी। अंधकार छाया रहता था। यही वह स्थान था जहां के कुलियों पर अंग्रेज़ भयानक अत्याचार करते थे। सांझ हो गई थी, घना अंधेरा छा गया था। पेड़ों के बीच एक धुंधली-सी छाया दिखाई दे रही थी।

अताउल्ला ने बन्दूक उठाई और आवाज़ दी—'कौन है?'

छाया रुकी नहीं। फिर वह जैसे छिप गई।

'लेफ्टिनेंट!' अताउल्ला ने भयभीत स्वर से कहा—'जापानी!'

रनवीर के रोंगटे खड़े हो गए। अचानक पेड़ों के पीछे से किसीने गोली चलाई और फिर एक भयानक चीत्कार सुनाई दिया। इतना भयंकर कि दोनों थर्रा गए। फिर एक कठोर हास्य सुनाई दिया। रनवीर ने धीरे से कहा, 'यह तो सांडर्स है!'

पास पहुंचकर देखा। एक बूढ़ा औंधा पड़ा था। कराह रहा था। सांडर्स ने कहा, 'लेफ्टिनेंट! यह मरा नहीं है, इसे गिरफतार करके ले आना।'

वह चला गया। रनवीर ने मुड़कर देखा, बूढ़ा रक्त से भीग गया था। उसके मुख पर करुण विवशता थी। रनवीर पास चला गया। अताउल्ला चिल्लाया, 'पास मत जाओ। वह गोली चला सकता है, रनवीर!'

और एकाएक वह बूढ़ा हंसा। उसका हास्य सुनकर रनवीर की हड्डी तक कंप छा गया। मरता हुआ आदमी हंस रहा था। वह उसके सिर के पास बैठ गया। बूढ़ा क्षण-भर कराहा और उसने कहा, 'रनवीर! तो तुम हिन्दुस्तानी हो?'

रनवीर नासमझ-सा देखता रहा। वह सोच ही रहा था कि क्या उत्तर दे, तभी वृद्ध ने फिर कहा, 'मैं भी कानपुर का रहनेवाला हूं।'

कानपुर! गंगा के किनारे बसा कानपुर! वहां से यह आदमी यहां आया है! आखिर क्यों? तभी उसे याद आया : जब वह कॉलेज में था तब वे सब प्रवासी भारतीयों के बारे में विवाद किया करते थे। सिंगापुर में भी मज़दूर थे। वे सब पेट के लिए आए थे। उन्हीं में से एक था यह जिसे सांडर्स अभी-अभी गोली मार गया है। पर यहां से तो सब भाग चुके हैं। यह यहां कैसे रह गया? अताउल्ला ने कहा, 'यकीन मत करो। जासूस है, जापानी जासूस लगता है। एक गोली और मार दो...'

और कहने के साथ ही उसने दूसरी गोली दाग दी जो बूढ़े के कूल्हे को तोड़ गई। बूढ़ा भयानकता से चिल्लाया।

'अताउल्ला!' रनवीर चिल्लाया, 'ठहरो।'

पर बूढ़ा पछाड़ें खा रहा था। उसने भरीए स्वर से कहा, 'जासूस नहीं... मेरा बेटा...यहीं नौकर था...ज्वान...उसे अंग्रेज मालिक ने जूतों की ठोकरों से मार डाला था...मैं उसको ढूंढ़ने आया था...उसकी रूह कहती रही मुझसे...वह यहीं भटकती है...और...अब में भी...'

फिर वह हिचकी लेकर रुक गया। फिर जैसे उसने मृत्यु को ठोकर देकर कहा, 'हिन्दुस्तानी हो...यकीन करो...ईमान का यकीन करो...'

वह चुप हो गया। रनवीर उठ खड़ा हुआ। अताउल्ला गम्भीर खड़ा था। रनवीर उसके पास गया। उसके नेत्रों में झांककर देखा। अताउल्ला की आंखें झुक गई थीं। फिर जाने क्यों उनमें पानी छलक आया। रनवीर हट गया और उसने ताली बजाई। सिपाही आ जुटे।

एक तम्बू में साण्डर्स बैठा व्हिस्की पी रहा था। उसने आंख उठाकर देखा। रनवीर ने कहा, 'वह मर गया।'

'फेंक दो।' सांडर्स ने सिगरेट हिलाते हुए कहा।

रनवीर जब लौटा तो सिर में कोई हथौड़े मार रहा था। वे ही शब्द बार-बार गूंज रहे थे—हिन्दुस्ताना हो...यकीन करो।

विश्वास! मनुष्य की आज एकमात्र करुण पुकार है। विश्वास करो। क्या मनुष्य एक-दूसरे पर विश्वास करना भूल गया है?

अताउल्ला इस समय बन्दूक में गोलियां भर रहा था। अब उसके मुख पर एक दूसरी बीभत्सा थी जसे हत्या ने उसे जघन्य बना दिया था। रनवीर ने उसके पास जाकर कहा, 'सिगरेट?'

अताउल्ला ने सिगरेट निकालकर दी। फिर वे चुपचाप सिगरेट पीते रहे। अताउल्ला ने धीरे से कहा, 'मुझे मालूम नहीं था!'

फिर उसका गला रुंध गया। उसने रनवीर के हाथ पकड़ लिए, जैसे वह बहुत कुछ कहना चाहता था, पर सब कुछ कंठ में अटका जा रहा था। रनवीर ने कुछ नहीं कहा। वह उसे घूरता रहा। और उसे अचानक ही ध्यान आया। भय! अताउल्ला ने भय के कारण उसे मारा था। आत्मरक्षा से ही हत्या का प्रारम्भ हुआ था। उसकी समझ में आया। युद्ध में तभी मनुष्य हत्या करता है। उसे अपने जीवन का भय होता है। अपनी मृत्यु की आशंका रहती है। और तब मरणांतक विवशता से उसने उससे धीरे से कहा, 'मैं यकीन करता हूं...'

'यकीन!' वही शब्द। एक बार जैसे दोनों थर्रा उठे।

जापानी बहुत पास आ गए थे। हरएक के मुंह में जैसे यही बात अटककर रह गई थी। वे सब इसे जानते थे, पर बाहरी आकृति पर यह

स्पष्ट नहीं होता था, क्योंकि इस तरह की बात करना सेना के अनुशासन के विरुद्ध था।

बकरियां पास में ही चर रही थीं। वे कंटीले पेड़ों पर भी मुंह मार देतीं। छोटी-छोटी, काली, कोई-कोई चितकबरी, पर उस खिंचकर तने हुए वातावरण पर उनकी वह मासूम मस्ती एक अजीब चीज़ थी, जैसे उनपर किसीका भी प्रभाव नहीं पड़ रहा था। बच्चे मिमिया रहे थे।

मुर्गे ने बेवक्त बांग दी क्योंकि आदमी भी बेवक्त काम करता था। अब किसान को जगाने के लिए नहीं, वह जैसे हर क्षण चैतन्य कर देने को सिर की कलंगी उठाकर पुकार उठता था कि जैसे वह नहीं समझता कि आदमी यह सब क्यों कर रहा है। फिर उसने नीचे पड़े कूड़े में चोंच डाली और दाना चुगने लगा।

सारा देश हरा-हरा था। अनेक प्रकार के वृक्ष थे। हरे और घने पत्तों के बीच में से सूर्य की किरन कठिनाई से निकल पाती। कभी-कभी तो ऐसा लगता जैसे धरती के बोरे के सिले हुए और कुछ अधखुले-से मुंह के पास अटका हुआ विशाल पेड़ एक बड़ा-सा सूआ है और जो एकाकिनी किरन इसके सघन पत्तों के बीच को भेदकर निकल आई है वह और कुछ नहीं, उस सूए के छेद से निकला हुआ एक सफेद मोटा डोरा है। उन वृक्षों पर जब पुकारते हुए काले और लाल पंछी इधर-उधर उड़ते, तब उनकी उड़ान का पीछा करनेवाली आंखें झाड़ियों के पार कुछ चमकते पानी पर फिसलतीं और फिर हरियाली आंखों को निगल जाती।

रनवीर को वहां के लकड़ी के घर बहुत प्रिय लगे। कभी उनमें आनन्द से उत्सव हुआ करते होंगे। सांझ की रंगीन छाया जब नशीली आंखें लिए उतरती होगी तब इन्हीं लकड़ी के खंभों के पास कोई तरुणी खड़ी प्रतीक्षा करती होगी, और तब कहीं किसीके गाने का स्वर आता होगा। उस कल्पना की मिठास से रनवीर को न जाने क्यों एक सांत्वना मिली।

परिवार की कल्पना अविवाहित को कब अच्छी नहीं लगती! वह चाहे बन भले ही ले! स्वच्छ थे वे घर। सामने बरामदा था, खंभों पर टिका, छतें ढलुआ थीं, कहीं लकड़ी की, कहीं टीन की। और उनकी भीतों पर कहीं-कहीं बांस की बुनी चटाइयां थीं। जो घर दुमंज़िले थे उनमें ऊपर चढ़ने की सीढ़ियां भी लकड़ी की ही थीं।

रनवीर ने देखा वे सब घर अब खाली पड़े थे, क्योंकि अब फौजी आ गए थे। और फौज का आदमी दूसरे के परिवार में जंगली समझा जाता है।

धीरे-धीरे अफसर आने लगे। उनके चेहरों पर कठोरता थी जैसे सबके सब लकड़ी में से काटकर बनाए गए हैं। अफसर होने पर भी रनवीर अभी तक उस आकृति से मन ही मन घृणा करता रहा है। यह किस उपचेतन की उपेक्षा है वह स्वयं नहीं जानता, उसे उससे घृणा है। इतना ही ज्ञान उसके पास शेष है। क्यों नहीं मनुष्य का मुंह सहज बन जाता, यह उसके लिए आज तक एक समस्या बनी हुई है।

इस पल्टन में जाट, राजपूत, गढ़वाली सभी थे। वे जाट और राजपूत जो राजपूताने के सामंतीय समाज से आए थे और गढ़वाली! वे तो सिर्फ जैसे मरना जानते थे। रनवीर भी आधुनिक कॉलेजों में से एक में पढ़ा था जिसमें अंग्रेज़ों की तारीफें पढ़ाई जाती थी। उसे वे विशेष कारण स्पष्ट नहीं थे, जिन्होंने मनुष्य को इतना संकुलित बना दिया था कि वह पेट के ऊपर की सोचना ही भूल जाए। मीटिंग समाप्त हो गई। आदेश दे दिए गए और जगहें ली गईं। पल्टनें फैल गईं।

हरी धरती पर भारी बूट आहिस्ता-अहिस्ता इधर-उधर चलने लगे। कुछ दूर पर जिधर पेड़ कम हो गए थे, गढ़वालियों ने झाड़ियों की आड़ ली और पेट के बल लेटकर बढ़ने लगे।

इसी समय एक काला मगर लम्बा आदमी एक पेड़ के पीछे दिखाई दिया। कुछ विशेष प्रकार का इंगित करके वह आगे बढ़ा। बन्दूक की

नली अताउल्ला ने नीची कर ली। डॉ०महीधर ने कहा, 'अपना आदमी है यह!'

रनवीर को उस अपनेपन में एक विचित्रता का सा अनुभव हुआ। यह अपना आदमी है? हम अंग्रेज़ों की भेड़ें हैं और यह एक दूसरे देश में हमारी ही जैसी एक भेड़ और है। पर वह विचार बाहर नहीं निकल सका। यह जैसे श्मशान-साधना थी, जिसका प्रारम्भ ही मनुष्य की खोपड़ी की हड्डी में चर्बी जलाकर दीपक जलाना था।

अताउल्ला चिंतित था, कहा, 'शायद खबर लाया है।'

खबर! युद्ध का समाचार उस समय के पाए हुए तार के समान होता है जिसमें कोई व्यक्ति घर पर मरते हुए सम्बन्धी को बड़े ही ज़रूरी काम से छोड़कर जाता है, और हर क्षण उसे यही लगता है कि उसका वह संबंधी मर गया। उस तार को खोलते हुए उसका अन्तर्बाहर एक अज्ञात आशंका से कांप उठता है।

रनवीर को यही अनुभव हुआ। हृदय एक बार भीतर ही भीतर धड़क उठा। कलेजे मे हूक-सी उठी। थूक मुंह में आ गया, जो उसने साहस करके भीतर निगल लिया।

वह लम्बे दांतोंवाला आदमी पास आ गया। उसने सलाम किया। उसका मुख देखकर रनवीर को घृणा हुई। देखने में ऐसा लगता था कि यह आदमी अपने लाभ के लिए किसीको भी धोखा दे सकता है, किसीका भी ठंडे दिल से खून कर सकता है, क्योंकि उसकी आंखों में एक चमकती हुई सफेदी थी जिसका हया से कोई सम्बन्ध नहीं होता।

रनवीर ने कहा कुछ नहीं। आंखें उठाईं, जिनका अर्थ था कहो।

वह आदमी बढ़ा और झुककर कहा, 'दुश्मन सिर पर है।'

डॉ० महीधर मुस्कराया। जैसे यह बात नितांत मूर्खता की है, इसे कौन नहीं जानता। अताउल्ला ने अधीरता से कहा, किधर है? तुम कहां थे?'

वह आदमी बोला, 'मैं उस तरफ के पेड़ों की आड़ से बचकर आ रहा

हूं।' उसने हाथ से इशारा किया।

'तुम्हें जापानियों ने टोका नहीं।'

'मैं उनका दोस्त जो बना हुआ हूं। वे मुझे अपना समझते हैं।' उसने उत्तर दिया और उसके दांत बड़े-बड़े पूरे के पूरे जैसे होंठों से निकल आए जैसे थैले के कोने को सरकाते ही भीतर के कीड़े दिखाई दे गए हों।

'ऐसे ही जैसे तुम हमारे दोस्त बने हुए हो?' अताउल्ला ने भौं तरेरकर कहा।

रनवीर के मन की बात निकली। सिर हिलाया और सिगरेट दियासलाई पर ठोककर ऐसे मुंह में लगाई, जैसे उसने बन्दूक की गोली को हाथ में उठाकर परखा था।

आदमी सकपका गया। उसके मुंह से वह विश्वास की हंसी ऐसे लुप्त हो गई जैसे कांच के बहुत-से चमकते टुकड़ों को झाड़ू ने समेटकर कोने में कर दिया और वे धूल में ढंक गए।

रनवीर ने आगे बढ़कर कहा, 'पोज़ीशन बताओ।'

आदमी धरती पर बैठ गया और धूल में उंगली से कुछ रेखाएं बनाकर समझाने लगा। अताउल्ला देखता रहा। आदमी इस समय बिलकुल सही मालूम दिया।

डॉ० महीधर ने सिगार का कश खींचा, और फिर पेट पर हाथ फेरकर कहा, 'उसके आगे मुअर है?'

'जी हां, नदी है।'

'ठीक है, तुम जा सकते हो।' रनवीर ने कहा।

आदमी के होंठ कुछ चौड़े हुए और फिर उसने उसी धुणित ढंग से मुस्कराकर सलाम किया। रनवीर को लगा कि वह उस हंसी को नहीं सह सकेगा। वह किसीकी आत्मा का जैसे एक सड़ा हुआ शव है जो अपने-आपको खा लेने में भी सम्भवतः नहीं हिचकिचाएगा। जघन्य! कितना बीभत्स! पेट! पेट के लिए!

अताउल्ला ने उसकी ओर एक नई सिगरेट निकालकर फेंक दी।

आदमीने झुककर उठा ली और फिर उसने आग का ओर देखा। अताउल्ला ने अपनी जलती सिगरेट उसकी ओर फेंक दी। उस आदमी ने धरती से उसे उठाकर सहर्ष ही अपनी सिगरेट सुलगाई और फिर वह मुस्कराया।

जब वह चला गया, डॉ० महीधर ने कहा—'सूअर!'

पर अताउल्ला को इतना अवकाश नहीं था। कहा, 'अब?'

'इस 'अब' का उत्तर इनमें से किसीके पास नहीं था। युद्ध में जीवन तो घने पेड़ों की झुकी डालियों के बीच बेतहाशा भागते ऊंट की सवारी है, हर क्षण दचके देती है, और कोई नहीं जानता कि ऊंट किधर भागेगा या कब कोई डाली ऊपर से टकराकर सवार का सिर फोड़ देगी।

रनवीर ने कहा, 'क्या यह आवश्यक है कि हम जापानियों को इधर से देखें?'

'फिर?' महीधर ने कहा।

'मेरी राय में इसके पीछे कुछ दूर चलकर देखा जाए।' डॉ० महीधर ने कहा। विवाद नहीं हुआ।

अताउल्ला पीछे-पीछे चलने लगा। रनवीर और महीधर आगे-आगे रहे। दोनों ने देखा दूर वह आदमी अब हरे पेड़ों की आड़ में हो गया था और धीरे-धीरे वह उस सघन हरीतिमा में छिप-सा गया। फिर कुछ नहीं दिखा, सिर्फ हिलते हुए पत्तों और उड़ते हुए एक-आध पक्षी ने क्षण-भर निस्तब्धता की चौखट पर ताल दी और उनको चौकन्ना कर दिया।

अताउल्ला ने धीरे से कहा, 'पच्चीस बायें।'

दोनों एकदम बैठ गए। कुछ देर अताउल्ला भी बैठा रहा। फिर सिर उठाया। कुछ नहीं था।

डॉ० महीधर ने हंसकर कहा, 'शाबास! आपने फौरन नम्बर भी बोल दिया, गोया आंखें न हुईं?'

रनवीर ने मुस्कराकर सिर हिलया।

तीनों के हृदय में आविर्भूत आशंका अभी दबी नहीं थी। महीधर हंस ही रहा था, उस हास्य में कठोरता उतनी नहीं थी जितना अपने-आपको बहला देने का प्रयत्न था। तीनों उठ खड़े हुए।

रनवीर ने पहली बार अनुभव किया कि जीवन के प्रत्येक क्षेत्र में अलग-अलग विचारधाराएं हैं। परिस्थितियां मनुष्य को प्रभावित करती हैं। कुछ लोग बुद्धिहीन ढंग से उनका अनुसरण करते हैं, कुछ लोग उनमें बहते नहीं, धार में खेते हैं। मनुष्य वे ही हैं, उसने कहा।

पांव में कुछ कड़ा-कड़ा-सा चुभा। रनवीर बैठ गया। उसको इस प्रकार बैठते देखा तो दोनों ने चौंककर इधर-उधर दृष्टि दौड़ाई।

रनवीर ने जूता खोला। और अपने मोज़ों पर हाथ फेरकर उन्हें सहलाया, फिर जूते एड़ियों पर से धरती पर ठोके और उनके भीतर की धूल और कंकड़ निकाल दिए। फिर वह क्षण-भर यों ही बैठा रहा। डॉ० महीधर ने मुस्कराकर कहा, 'तुम शायद थक गए हो?'

'नहीं', रनवीर ने अंगड़ाई ली। वह थकान इतनी प्रासंगिक थी कि वे सब हंसे। फिर फीते बांधकर रनवीर उठ खड़ा हुआ।

वे लौटने लगे।

'इधर से लौटना मुझे ठीक नहीं लगता। रनवीर ने इशारा किया।

'क्यों?' अताउल्ला ने पूछा।

'इधर आओ।' डॉ० महीधर ने एक ओर मुड़कर कहा।

दूर बंदूक चलने की आवाज़ आई। अताउल्ला झपककर बैठ गया। रनवीर भी। डॉक्टर पास खड़े वृक्ष के तने से सट गया।

एक भी नहीं बोला।

बन्दूक की दूसरी गोली चली और कहीं कोई चिल्लाया। उस स्वर में एक बीभत्स उन्माद था। फिर कुछ नहीं, जंगल की सांय-सांय तीनों छिपकर बढ़ चले।

सामने चौड़ी मुअर नदी बह रही थी। प्रशस्त धारा पर आकाश के ऊदे बादल तैर रहे थे। किनारे पर झीनी-झीनी बौनी झाड़ियां थीं जिनकी

परछाईं पानी पर लम्बी-लम्बी होकर ऐसी गिर रही थी, जैसे किसीके हाल के नहाए शुद्ध हाथ पर उगे हुए घने बाल हों।

नदी में स्टीमर बह रहे थे। वे सब इस समय संयुक्त राष्ट्रों के ही अधिकार में थे। उनसे इन लोगों को किसी प्रकार का भी भय नहीं हुआ। स्टीमर पानी पर गहरी छायाएं डालते हुए धीरे-धीरे चलते-से दिखाई दे रहे थे। उनपर कुछ फौजी और कुछ नागरिक थे। दूर से वे सब काली छायाओं-से ही दिखाई देते थे।

रनवीर देखता रहा। उसे वह सब अच्छा लगा। प्रशांत धारा पर जैसे एक विराट जलचर ऊर्ध्व श्वास खींचकर बढ़ा जा रहा था।

स्टीमर की गति मथर थी

'वह हमारा है,' डाक्टर ने कहा।

हूं!' अताउल्ला ने उत्तर दिया। 'अपना' है।'

फिर दोनों ने रनवीर की ओर देखा। रनवीर इस समय उसके पीछे के घिरते अंधकार को देख रहा था। उसने कहा, 'लेकिन वह सीधी राह नहीं आ रहा है।'

महीधर ने होंठ मोड़े। फिर दोनों कूल्हों पर हथेलियां रखकर देखा। उसकी दृष्टि को आकाश में आती घरघराहट ने रोक दिया और वह चौंककर इधर-उधर देखने लगा।

अचानक आकाश में बममार दिखाई दिया।

रनवीर ने कहा, 'डॉक्टर!'

'घबरा रहे हो?'

'नहीं!'

भयानक विस्फोट हुआ।

कोई कहीं चिल्लाया। वह मृत्यु का भेदी नाद था...

घहर गूंजती रही, गूंजती रही, भय के विकराल अट्टहास-सी...

सब छिप गए। रनवीर एक पेड़ के नीचे औंधा लेट गया।

अताउल्ला एक ओर हरियाली मे पड़ा था। डॉक्टर इस बार नीची

भूमि मैं धीरे-धीरे उल्टा लेटा हुआ सरक रहा था।

कुछ देर बाद सायरन बजने लगा। फिर कुछ कुत्ते की सी भूंक सुनाई दी।

सब साफ हो गया। तीनों अपने-अपने स्थान से निकले। मुस्कराए। रनवीर ने महीधर के कंधे पर स्नेह से हाथ रखा। विपत्ति में संग रहकर पार उतर जाना!

रनवीर ने देखा, स्टीमर डूबने लगा। उसके भीतर के आदमी पानी पर डूबते-उतराते बहने लगे। वे प्राणपण से किसी प्रकार तीर पर पहुच जाने का प्रयत्न कर रहे थे। स्टीमर के टूटे टुकड़े कुछ पानी पर बहे जा रहे थे, कुछ डूब गए थे। स्टीमर टेढ़ा हो गया था और अब उसपर कोई नहीं था। सारा सामान यों ही पड़ा रह गया था।

'सब खत्म हो गया?' रनवीर ने पूछा।

'अभी से?' डॉक्टर ने कहा।

'तो कब तक?'

अताउल्ला हंसा। क्या हंसी थी वह भी! विचित्र!

रनवीर नहीं समझा।

डॉ० महीधर ने कहा, 'घूमकर चलो।'

'इधर से?' रनवीर ने कहा।

'हां।'

पन्द्रह मील का रास्ता बढ़ गया था।

जहां यह लोग टिके हुए थे, वहां जंगल था।

रनवीर अपने देहात के मकान के बारे में सोच रहा था। वहां जब वह जाता था तब चिकनी के चूरे और इलायचियों में बसे हुए पण्डितजी आवाल फर्सी करते थे। किसी प्राचीन काल के पर्दादार चौमहला के पास खड़े महलदार की तरह बुड्ढा पुजारी मुस्कराता था।

तांबे के मटके, देग गगरे, पतीलियां, लोटे, नेवाड़ी का पलंग, मसहरी, तख्तों की चौकियां, फर्श फरूश, शीशा, आलात सब उसके

सामने घूम गए। उसके मित्र नवाब रहमतअली वहां हमेशा एक ही लहजे से बात करते थे। चिट्ठीनबीस और मुसाहिब यही उनके शहर और गांव के साथी थे। वे सदैव पुलाव, मुजाफर बूरानी, मुतंजम, सफेदा, शीरबिरेज बाकरखानियां, सालन, कवाब, अचार, मुरहेब, मिठाइयां, दही, गालाई—ऐसी ही नेमतों के बारे में चर्चा करते थे। दो ज़ानू बैठे मौलवी हमेशा मुगलानियों, पेशखिदमतों, महरियों और दायाओं के अभाव को याद करते थे। गावतकियों में बेले-चमेली की महकें लगाकर, सुथरी चांदनी खींचकर, नक्शी पानदान, हस्रदान, खुशबूदार गिलोरियां, खासदान और उगालदान, बसे हुए हुक्के, झल-, मल आईने, उम्दा तस्वीरें, छत में छतगारियां लगी हुईं। झाड़, उम्दा हांडियां कंवल, यही वैभव का घर में अवशेष था।

और फिर उसे पुराने कमरे में लटकी उस फोटो की याद आने लगी, जिसका रंग धुंधला पड़ गया था, जो एक वेश्या थी, जो मलमल का दुपट्टा, गरंट का बड़े पायचों का पायजामा, फंसी कुर्ती, नाक में हीरे की कील, कान में सोने की अतियां, हाथ में कड़े, गले में मोतियों का कंठा पहने थी। बाहीक्रेब का दुपट्टा बगल में रखा था। द्वारचोबी तुलवां जोड़ा, बन्नत टंगी हुई, पास था। दूसरी तवायफ के साथ छोटे बाबा तंजेब का अंगरखा, सदरी, नुक्केदार टोपी, चुस्त घुटन्ना, सन्दली दुपट्टा कांधे पर डाले खड़े थे। वेश्या की नाक में नथुनी, ऊंची चोटी गुंथी, बाफ का शाल बा मूबाफ...याकूत का नगीना...फीरोज़े की अंगूठी...

जहाज़ी सुपारी के अद्धे कोरे मटके में धरकर, फिर आग में धरकर जल्दी-जल्दी हाथ चलाकर गर्म करके, ताकि पक न जाए, उतारकर कोरे मिट्टी के बर्तन में पीली मिट्टी से बंद, छांव में रखकर—जो तैयार की गई थी, वह सुपारी, पान असली देसी रेत में रखा हुआ अंडेदार, गिरे तो खिलेमा...मुंह में पानीदार...बस यही दो चीज़ें पंडितजी की ज़िन्दगी की मीनारें थीं। और रनवीर...

मृत्यु के मुख में...

जिन्दगी न हुई हरामज़दगी हुई...रात की नफरत और मजबूरी में इसकी शुरूआत हुई, मगर जब यह आ गई तो मजबूरी आज़ादी और नफरत प्यार में बदली हुई दिखाई देने लगी...कोई करे भी तो क्या...

नवाब ने कहा था, कोरे बर्तन में पपरिया कत्था औटाकर बना लो, छान लो, एक कोरे सकोरे की मोटी ठीकरी में खस का इत्र बसा लो, उसे कत्थे में डाल दो और बत्ते का मुंह बांधकर धर दो...कोरे मिट्टी के बर्तन में असली मिर्ज़ापुरी कंकड़ का चूना बुझाओ, मोटी ठीकरी में केवड़े का इत्र बसाकर डाल दो। दोनों के बर्तन पारी में धरकर पीली मिट्टी से संधे बन्द कर खुश्क छांह में धर दो।

और अब...

हरी धरती में बूट बज रहे हैं...वे धीरे-धीरे कदम रखते हैं...

हठात् गोलियों की बौछार आई...

वे लेट गए...घना जंगल...

रनवीर झाड़ी में घुस गया...किसी कीड़े ने हाथ में काट खाया है... परन्तु प्राण...हाय भीषण पीड़ा हो रही है...वह झाड़ी में घुसकर उस कीड़े को बूट से कुचलता है...कितना छोटा-सा कीड़ा...कितनी बड़ी मार मारता है यह...

धायं...धायं...

अचानक चीत्कार सुनाई दिया...

अताउल्ला और महीधर नहीं दीखते...

रनवीर छिपा हुआ देखता है...

अब अताउल्ला और महीधर के चारों ओर जापानी सिपाही खड़े हैं... दो जापानी सांडर्स का शव लाते हैं...

एक जापानी हंसता है और अपने पांव का जूता सांडर्स की मुर्दा छाती पर रखता है...अब सांडर्स, 'कमबख्त...कमबख्त' नहीं कहता...

जापानी अपनी अजीब अंग्रेज़ी में कहता है, 'तुम हिंदुस्तानी हो ...या इंगरिस...'

'हिंदुस्तानी...' महीधर कहता है।

'देखो, यह एशिया का दुश्मन है,' जापानी कहता है, 'हम दोस्त हैं... लाओ हाथ बढ़ाओ...'

महीधर हाथ पकड़ता है....

सांडर्स मर चुका है...उसका भय नहीं रहा...

अताउल्ला कहता है, हिन्दी में...

'डॉक्टर! यह झूठ है...फंसो मत...कल फिर हमारा जाना-पहचाना साहब जीत सकता है...हम इनसे मिल गए तो खैर नहीं हैं...वफादारी...'

महीधर हंसता है और कहता है, 'वफादारी...'

जापानी सशंक दृष्टि से देखता है। अताउल्ला से कहता है, 'हम दोस्त हैं...'

उसके बढ़े हुए हाथ को अताउल्ला नहीं पकड़ता...

जापानी को सहसा ही क्रोध हो आता है।

'धायं!'

ठंडे दिल से एक गोली।

बहुत मामूली तरीके से अताउल्ला का दायां फेफड़ा फटता है। वह गिर जाता है। महीधर की आंखें कांपती हैं...

वे चले जाते हैं। पीछे-पीछे महीधर...कुत्ते-सा...रनवीर निकलता है...

वह सांडर्स के शव को देखता है, फिर अताउल्ला को। अताउल्ला का हाथ हिलता है...

बैठकर रनवीर उसे उठाता है। अताउल्ला की आंखें खुलती हैं... यह कैसा भाव है आज उसके नेत्रों में...

'अताउल्ला...' रनवीर कहता है।

अताउल्ला अपने होंठों पर जीभ फेरकर कहता है...

'वे भी...वही हैं...' फिर वह कह नहीं पाता...फिर बड़ी मुश्किल से कहता है...'यकीन करो...'

वह मर गया है।

रनवीर ने शव को लिटा दिया है...

यकीन!

वही शब्द...

इतनी जल्दी बदला... इतनी जल्दी...

रनवीर खड़ा होता है...अब वह क्या करे? अपने आदमी कहां मिलेंगे...वह तो अकेला रह गया है...वन में अकेला, सामने दो लाशें; विचार आया...खोदकर गाड़ दे...

फिर वह बैठकर उनके कारतूस निकाल लेता है, फिर जेबों से नोट...

और फिर एक तरफ बढ़ता है...उसकी इच्छा है किसी तरफ अपने आदमियों से मिल जाए...

रात हो गई। वन की गहनता में रनवीर डरने लगा। एकान्त... भयानक...

वह वहीं आ गया। उसने अताउल्ला और सांडर्स की जेबों से निकाले रुपये फिर उन्हींकी जेबों में रख दिए और दोनों मुर्दो के बीच में लेट गया...

वह इस समय निश्चिन्त था.. जैसे अपनों में सो रहा था। भरी बंदूक उसने सीने पर आड़ी रख ली और हाथ उसपर जमाए ऊपर देखता रहा... वह सो गया था...

मैं रनवीर ही हूं। मुझसे मेरा अधिक परिचय मत पूछो। क्योंकि मेरा कोई विशेष परिचय है भी नहीं।

जो कहता हूं, वह सुनो। मैं लाखों करोड़ों में से एक हूं।

मैं केवल एक सत्य तुम्हें बताऊंगा कि यातना जब मनुष्य को सताती है, तब उसमें से निकलकर मनुष्य प्रतिहिंसा की क्षुद्रता में नहीं पड़ता।

कर्नल ने कहा, 'ठीक है।'

लंच समाप्त हो चुका था।

कहे मुताबिक जहाज़ 11 बजे ही आए, मगर अपने नहीं, वे जापानी थे। बमबारी होने लगी। मैं झपटकर मेज़ के नीचे हो गया। कर्नल और ब्रिगेडियर अपनी रक्षा नहीं कर सके। मैंने उन्हें बम फटते ही गायब होते हुए देखा। बाहर सिपाहियों में टक्कर शुरू हो गई थी। मशीनगन की खड़खड़-खड़खड़ होती थी और कहीं कर्कश बन्दूकें चलतीं। हाहाकार गूंज रहे थे।

जब मैं बाहर निकला केवल एडजूटैंट बचा था। बाकी सब फौज मारी गई थी।

हम दोनों ने एक-दूसरे की ओर देखा। आग के शोले अब भी भड़क रहे थे। धुआं उठ रहा था।

हम दोनों निरंतर भागने लगे। घना जंगल था।

एडजूटैण्ट एक पेड़ की जड़ में पांव अटकने से गिरा।

उसका मुंह धरती से वेग से टकराया। दांत टूट गए। लहू टपकने लगा। मैंने उसे कराहते नहीं सुना। वह मूर्च्छित था, या मर गया था, यह पता नहीं चला। किन्तु रुकने में खतरा था। मैं अकेला भाग चला, जंगल और घना होता चला गया। मुझे भूख लगी। मैं जड़ियां उखाड़-उखाड़कर खाने लगा। शायद उस बीहड़ जंगल में मैं चार दिन तक भटकता रहा। उस समय मुझे मालूम पड़ा कि प्रकृति में वन नामक वस्तु कितनी भयानक होती है। सरे सांझ अंधेरा सांय-सांय करने लगता। मैं किसी पेड़ पर चढ़ जाता और उसीकी डाली पर सो जाता। वह सब बिल्कुल साधारण-सी बात हो गई थी।

पांचवें दिन मैं जंगल में थककर बैठ गया था। शायद ऊंघ गया था।

एक घने पेड़ से मेरी पीठ टिकी थी।

अचानक मुझे किसीने जगाया।

आंखें खोलीं।

हम दोनों लिपट गए।

'तुम कैसे आए?'

'मैं भी पीछे भाग रहा हूं। उलटा चल रहा था। तुम दिखाई दिए।'

बस, उसने इतना ही कहा। वह मऊ में साथी रह चुका था मेरा। फिर बैठकर उसने कहा, 'यहां दलदल ही दलदल है। कुछ खाओगे? मेरे पास राशन बचा है।'

हम खाने लगे। उसने कहा, 'यहां की धरती को देखकर पता नहीं चलता। लगती है मासूम है, लेकिन बड़ी कातिल होती है। जिस जगह घास न हो, वहां पानी को छिछला समझकर भी पांव न रखना। मैं फंसते-फंसते बचा। उफ! वह दलदल था। जितना ही मैं निकलने की कोशिश करता, उतना ही घुसता जाता था। तुम नहीं सोच सकते। मैं रो दिया। इस परदेश में दलदल में घुट-घुटकर मरना!'

वह कहते-कहते सिहर उठा।

उसने फिर कहा, 'मैं आठ आदमियों को मार चुका हूं। जापानी घूम रहे हैं। यहां मेरे पास नक्शा है, कम्पास नहीं।

हमने नक्शा देखा। फिर उठ खड़े हुए। कुछ दूर जाने पर देखा, जानवरों द्वारा अधखाई लाशें पड़ी थीं। उनकी रायफलें बिखरी पड़ी थीं।

'मेरे पास नहीं है।' कहकर मैंने रायफल उठा ली।

मऊ के साथी ने कहा, 'रात यहीं ठहर जाएं। देखो अंधेरा हो गया है।'

हम लोग मुर्दों की बगल में सो गए। वह इन्सान नहीं थे, लेकिन कभी इन्सान रह चुके थे। अब भी अगर उनसे हरकत की उम्मीद न की जाए, तो वह इन्सान की सबसे करीब की चीज़ थी।

धनी हरियाली में तड़का हुआ। मऊ का साथी उठ बैठा। उसने मुझे जगाया।

मैं बैठ गया।

उसने धीरे से कहा, 'जापानी!'

मैंने देखा! वे चार थे, हमारे सामने से निकल रहे थे।

'क्या करें?' उसने कहा, 'मारूं?'

मैंने कहा, 'ठहरो! अभी पता नहीं, पीछे न जाने कितने और होंगे।'

'लेकिन यार, मुझे लालच ने घेर लिया है।'

'क्यों?'

'मैं इन्हें मारना चाहता हूं।'

मैं मुस्कराया। कहा, 'निशाना साधो।'

धांय! एक मरा! धाय! दूसरा मरा! एक चीत्कार, फिर दूसरा!

उत्तर में गोली आई—धांय!

हम जंगल में झुके-झुके भागे और झाड़ियों में घुस गए। वह क्षण बड़ा अनमोल था।

आयरहिताम की छाया काली थी। वहां तालाबों में काला पानी था। मेरा साथी रुक गया। उसने कहा, 'वह देखो!'

मैंने देखा। काली छायाएं चल रही थीं।

'कौन हैं?'

हम सरकने लगे।

साथी ने हर्ष से कहा, 'वह नदी पर हमारे आदमी हैं।' कम चौड़ी नदी का पानी बहुत तेज़ था। उसी समय जापानी हवाई जहाज़ सर पर मंडराने लगे। बमों के धाड़कों से धरती हिलने लगी। बहुत-से सिपाही पानी में कूदे और हमने उन्हें धारा की चपेट में चिल्लाकर बह जाते देखा।

रेड खत्म हुई।

साथी ने कहा, 'सब मर चुके हैं।'

मैंने कहा, 'अच्छा हुआ, हम यहां नहीं थे।'

'अब!'

हमने एक-दूसरे की ओर देखा।

'उधर चलना होगा।'

'मैं नहीं जाऊंगा।'

'क्यों?'

'इस पानी में तुमने देखा नहीं? तैरना नामुमकिन है।'

मऊ का साथी हंसा। उसने कहा, 'यार! तुम भी चलो!'

हम पास गए, तो वह मुर्दा सिपाहियों के साफे इकट्ठे करने लगा, फिर उसने उनको कस-कस गांठें लगाकर एक रस्सी बनाई और कहा, 'अगर वे ज़िन्दा बच रहते तो हमारा पुल कैसे बनता?'

हम दोनों हंसे।

फिर उस रस्सी को एक पेड़ से बांधा। पीछे बूटों की आवाज़ हुई।

वे हमारे आदमी थे। उनके साथ आस्ट्रेलियावासी सैनिक,भी थे।

एक सैनिक ने कहा, 'यह रस्सा छोटा पड़ेगा, क्योंकि धारा में हम सीधे पार नहीं कर सकेंगे, तिरछे उतरना होगा। राय पक्की थी। अब ज़िन्दे सिपाहियों ने अपने साफे हमारी रस्सी में बांधे। मैं साफा पकड़कर बढ़ा, मऊ का साथी मेरे साथ था। हम जल में कूदे। बड़ी तेज़ धार थी। हम भीम वेग से तैरने लगे, किन्तु धारा हमें धक्का दे रही थी। इसी समय कई सिपाही पानी में कूदे और उनकी देखा-देखी सब कूद पड़े। सबने साफा पकड़ लिया।

मऊ का साथी चिल्लाया, 'सब मत पकड़ो...पेड़ से रस्सा खिंचकर टूट जाएगा...'

किन्तु कौन सुनता था!

मऊ का साथी गाली देने लगा...

आगे के हम पन्द्रह आदमी किनारे पर पहुंचे। पहुंचकर धरती पर थककर गिर गए। उस समय अचानक एक हाहाकार सुनाई दिया। रस्सा टूट गया था। बाकी के लोग पानी में बह गए थे। कुछ देर हम चुपचाप

पड़े रहे। बोले नहीं। न एक-दूसरे की तरफ देखा।

फिर मैं उठा। मुझे देखकर वे सब उठे और हम फिर चलने लगे। बातूपहात आ गया था। नगर खाली पड़ा था। जापानियों के आने का डर था। सब पहले ही से भाग गए थे।

मैंने कहा, 'वह देखो।'

सेना के कुछ लोग वहां मिले। उन्होंने हमें देखा। हाथ मिलाए। कहा, 'यहां आखिरी मुकाबला होगा।'

लेकिन उसी समय घंटी बजी। अन्दर से एक ने निकलकर सूचना दी, 'रिट्रीट!'

रिट्रीट! रिट्रीट!

'कब तक पीछे हटना होगा। इससे अच्छा तो मर जाना है।' मऊ का साथी बड़बड़ाया, 'हार को भी जीत समझने का धोखा। हम भाग रहे हैं और पकड़ में न आने की चालाकी को अपनी जीत समझ रहे हैं।'

एक उदास सैनिक ने कहा, 'जापानियों ने मलय घेर लिया है।'

'किस तरह?'

'नावों से।'

'किसने कहा?'

'हेडक्वार्टर से पता चला है। हुक्म है अपनी बन्दूकों की रक्षा करो।'

अपनी नहीं? मैंने सोचा। फिर सोचा, यहां हम बन्दूक ही तो हैं!

26 जनवरी को युद्ध समाप्त हो चुका था। 26 को हम सिंगापुर पहुंचे। किन्तु रास्ते-भर हर चौथे-पांचवें घंटे हवाई हमला होता था। सिंगापुर में बड़ा विध्वंस हुआ था। हथियार और गोलियां खत्म हो चुकी थीं।

31 जनवरी को मलय और सिंगापुर के मिलन का पथ कौजवे तीन जगह से एलाइज़ (संयुक्त कमान) ने बारूद से उड़ा दिया। पैट्रोल में आग लग गई। चारों ओर अंधेरा छा गया। भयानक धुंआ घुटने लगा।

छः दिन तक वह आग जलती रही। फिर पानी बरसने लगा। वह पानी उस काले अंधेरे से धुंए में से बरसता दिखाई नहीं देता था।

नई यूनिट बनी। मैं उसका एक कम्पनी कमाण्डर नियुक्त हुआ, उस दिन 6 तारीख थी। 7 तारीख को एलाइज़ ने हमारे स्थान से डेढ़ मील दूर पन्द्रह इंच की गन चलाई। डेढ़ टन का गोला फूटा। टीन के चोबे और खूटियां धमाके से उड़ गईं। दस या बारह मील तक भीषण विध्वंस और विस्फोट होने लगे। नींद हराम हो गई। कोलाहल के कारण सिर फटता था, आंखें जागते-जागते पथरा-सी गई थीं। उसी समय आकाश से जापानी बममार हमला करने लगे। हमारे तेईस आदमी मरे, और कई घायल हो गए। मेरी खाई से पन्द्रह गज़ पर बम फटा। वह इतना भयानक बम था कि उसकी चोट से धरती से पानी निकल आया। मैं खाई में छिपा रहा।

रबर के प्लांटेशन के बीच बम गिरने लगे। जापानी इस मनुष्य-निवास को जान गए थे।

अचानक खाइयों की मिट्टी हवा के विक्षोभ में कांपने लगी। कई व्यक्ति दब गए। मिट्टी ज़ोर से अर्रा पड़ी। हम खोदकर उन्हें निकालने लगे। बमुश्किल एक निकला। सामने एक टीला-सा था। एक सिपाही घबराकर उसपर चढ़ने लगा। वह भाग रहा था। अचानक टीले की बगल में बम फटा। उसके धमाके से वह उड़ गया। हमने देखा, वह हमारे पास ही आकर गिरा।

मैंने कहा, 'इसके एक भी ज़ख्म नहीं है।'

किसीने उत्तर नहीं दिया। वह फिर भी मर चुका था। मैंने मुड़कर देखा। जहाज़ चले गए थे। हम खाई से निकले। बढ़कर देखा।

एक गड्ढे में एक आस्ट्रेलिया की मशीनगन-ट्रक गिर गई थी। उसमें से एक आस्ट्रेलियन मुर्दे-सिपाही का दायां हाथ निकला था। वह जल गया था। उसका गोश्त पक गया था। भयानक दृश्य था।

मैं उसे देख नहीं सका। तभी एक करुण पुकार सुनाई दी, 'मुझे मार

डालो! मुझे मार डालो!'

एक ब्रिटिश सैनिक ने मेरी ओर देखा।

'मुझे मार डालो!' वह अत्यन्त करुण पुकार फिर घिघिया उठी। वह एक आस्ट्रेलियावासी सिपाही था। वह जल गया था, पक गया था, लेकिन मरा नहीं था। वह असह्य यातना से कह रहा था, 'दया करो... मुझे मार डालो...'

मृत्यु! सुखद! ब्रिटिश सिपाही की आंखें करुणा में गीली हो गईं। उसने पिस्तौल निकाली और साधकर उस जले-पके आदमी के सिर पर गोली दाग दी। आस्ट्रेलियावासी फिर चुप हो गया। कितना सुख था उस क्षण! कितनी शान्ति छा गई।किन्तु यह ब्रिटश सिपाही आंख फाड़े देख रहा था। उसके रोंगटे खड़े हो गए थे, क्योंकि मैंने उसकी दाढ़ी के ढूंठों को खड़ा देखा। मैंने उसका कंधा पकड़कर हिलाया। वह चौंका। उसने कहा, 'अब मुझे दुख नहीं है...अब उसे दुख नहीं है...अब उसे दुख नहीं है...'

मैंने देखा...उसकी आंखों में एक अजीब दहशत आ गई थी।

हम आगे बढ़े। एक सैनिक की दोनों टांगें मशीनगन से टूट गई थीं।

मैंने आज्ञा दी, 'लकड़ी लाओ।'

सैनिक लकड़ियां काटकर ले आए। स्ट्रेचर बनाए गए और घायलों को रखकर हम बढ़ने लगे।

अचानक वह ब्रिटिश सैनिक ज़ोर से हंसा और उसने अपनी पिस्तौल से अपने माथे में गोली मार ली और लुढ़क गया। मैंने देखा वह मुस्करा रहा था। वह शायद पहली गोली चलाकर डर गया था।

एक स्ट्रेचर के ऊपर से एक अंग्रेज़ चिल्लाने लगा, 'मुझे छोड़ दो... मुझे छोड़ दो...'

जंगल की लकड़ियों के स्ट्रेचर, थके हुए सिपाही...घायलों का बोझ... सिपाहियों के कंधे कटने लगे थे...

अचानक वह अंग्रेज़ उठ बैठा। उसने अपने मुंह में पिस्तौल रख ली

और धाय से गोली चलाई। उसका शव नीचे लुढ़क गया।

मैंने कहा, 'रुक जाओ!'

हम गड्ढा खोदने लगे। उसे दफनाया। उस वक्त एक सिपाही ने कहा, 'घायल होकर दूसरों को तकलीफ देने से तो अच्छा फौरन मर जाना है।'

मैंने कहा, 'तुम अगर घायल हुए तो?'

'हुज़ूर, मुझे गोली मार दीजिए तब!'

हम फिर बढ़ चले।

बुकीटीमा जापानियों ने घेर रखा था। हमने भयानक युद्ध किया। शायद इससे अधिक घातक युद्ध हुआ ही नहीं।

9 फरवरी को हम पहुंचे। रेल से उतरते ही हुक्म रात को ही मिला, सुबह हमला करो।

सामने समुद्र था। पैदल सेना के पीछे टैंक थे। टैंकों के शोर में हलचल थी।

ज़ीरो कॉल आने लगा। घड़ियां ठीक कर ली गईं। भयानक बम- वर्षा होने लगी। धूल छा गई। पैदल सेना लेटी रही किन्तु विस्फोटों के कारण सेना अधमरी होने लगी। सिंगापुर में साहस पहले ही टूट गया था। अब हवाई जहाज़ भी नहीं थे।

समुद्र के तीर पर देखभाल करने वाली टुकड़ी खो गई थीं। कुछ नावें आती दिखीं। उन्हें जापानी समझकर मशीनगन चला दी गई। वे गोरे सिपाही निकले। एक के बाद एक गलती होती चली जा रही थीं। उधर जापानियों ने ऑटोमैटिक बन्दूकें तैयार कर ली थीं।

मैंने देखा कई सिपाही उस समय भी सो जाते थे। सिगरेटें खत्म हो गई थीं। मैंने खाना भी नहीं खाया। सिपाहियों के पास रायफल के लिए सत्तर राउण्ड होने चाहिए थे, वे भी नहीं थे।

एक सिपाही ने कहा, 'सब परमात्मा के हाथ है।'

उसका स्वर कुछ डरावना-सा लगा। शीघ्र ही जापानियों की गोलियों की बौछार आने लगी। वे हमारे बहुत निकट थे। सिर पर से गोले भाग रहे थे। वे जाकर पीछे अस्पताल में नुकसान कर रहे थे। हम संगीनें लगाकर तैयार हो गए।

ज़ीरो कॉल और पास आने लगा।

4–35 पर सब सन्नाटा छा गया।

4–36 पर सन्नाटा और गहरा गया।

4–37 पर सन्नाटा भारी लगने लगा।

4–40 हो गया। कुछ नहीं हुआ।

हेडक्वार्टर टेलीफोन किया।

जवाब आया, 'पता नहीं गोलाबारी का क्या हुआ। कुछ देर ठहरो।'

हम 4-45 तक प्रतीक्षा करते रहे।

कर्नल अधीर हो उठा। उसने कहा, 'वे आएं या नहीं। तीन मिनट में हमले के लिए तैयार हो जाओ।'

मैं तैयार था। एकदम हम लोग खाइयों से चिल्लाकर टूटे। जापानियों ने मशीनगनें इधर मोड़ दीं।

हुक्म हुआ, 'आगे बढ़ो।'

भीषण हत्याकांड होने लगा। धुंधलके में वे झमकती गोलियां उड़ने लगीं। ट्रेसर से दीवाली का सा उजाला हो गया। अब हम जापानियों के पास पहुंच गए। बन्दूकों के आगे बंधी संगीनों से युद्ध प्रारम्भ हो गया। दाईं कम्पनी के 150 जवान टूट पड़े। 'मार मार' का दुन्द और शोर भीषणतम हो चला।

इसी समय एक गोला फटा। फिर छः-छः गोले, फिर दस-दस... हम लेट गए...

मेरे पास एक सिपाही ने खून उगला।

जापानी गोलाबारी शान्त हो गई। हमारे पीछे से हमारे ही गोलंदाज़

हमींपर गलती से वार कर रहे थे। हम लोग खुले में पकड़े गए थे। धमाके के वक्त, फेफड़ों में चोट-सी लगती थी, सांसें रुकतीं, दिल घुटता-सा लगता था...धूल...धुआं...हाहाकार...

'घायलों को पीछे भेजो,'...कोई चिल्लाया...

सामने सैनिक मर रहे थे...ओलों के गिरने में चिड़ियों की सी मौत...

कर्नल को फिर मैंने फोन किया। उत्तर आया, 'मैं स्वयं आगे देखने आऊंगा।'

किन्तु तभी हेडक्कार्टर से सम्वाद आया, 'सब कुछ बिगड़ गया। जहां तक जितनी जानें बचाई जा सकें बचाओ।'

अब हम लोग भागने लगे। मैं सामने की इमारत की ओर जाने लगा। मेरा अर्दली साथ था।

ज़ोर से कींवीं करके शेल उड़ा...

हम लेट गए...फिर दौड़े...

13 या 12 गज़...कि तभी फिर कींवीं...

पता नहीं अर्दली कहां गया।

मैं इमारत में पहुंच गया। ऊपर चढ़कर देखा...तभी एक शेल आकर फटा...इमारत गिरी...भयानक रोर करके पत्थर लुढ़के....

मेरे सिर पर पत्थर गिरा। मैं मूर्च्छित होकर गिर पड़ा। गिरते समय मेरी बगल से कींवीं की ध्वनि निकल गई।...

जब मैं जागा, मैं अस्पताल में था। मुझे मेरा अर्दली खींच लाया था। सिर में टांके लगे थे। दवा लगने से अभी तक जलन हो रही थी।

डॉक्टर ने ठंडे स्वर से कहा, 'गर्दन टूटने से बच गई।'

और कुछ नहीं। वह आगे बढ़ गया।

मर्द नर्स इधर से उधर घूम रहे थे। दो आए और मुझे वार्ड में ले गए। वहां उन्होंने मेरी बाईं आंख पर पट्टी बांधी।

दो दिन शान्ति से निकले। पहली बार इतने दिन बाद मैं चैन से सोया,

यह नहीं कि मृत्यु का भय नहीं था, किन्तु भय के आगे मैं अपना समर्पण कर चुका था।

कई रोगी पड़े थे। किसीकी टांग टूट गई थी, किसीका हाथ, बहुतेरे चल भी नहीं सकते थे...कराहें गूंज उठती थीं...दवाओं की गंध फैल रही थी...वह एमरजन्सी अस्पताल था। तीसरे दिन भयानक और मोटे स्वर में एलार्म बजने लगा। जापानियों ने बमबारी की थी। आग लगाने वाले बम गिरकर फूटने लगे। एक बम इतने पास गिरा कि अस्पताल में आग लग गई। बहुत-से मरीज़ जलने लगे। उनमें उठने की ताकत नहीं थी। एक मर्द नर्स ने बचाने को हाथ बढ़ाया, उसका हाथ जल गया... तीन सौ आदमी घेरे में कबाब बन रहे थे। मैं भागा। एक कोने में जाकर छिप गया। (यहां मैं कैदी होकर एक बार और आया था बाद में। तब मैंने खंडहर के मलवे में हड्डियां ही हड्डियां दबी हुई देखी थीं।)

मुझे गुस्सा आने लगा। मैं किसीकी हत्या करना चाहता था, क्योंकि मुझे रात में भागना पड़ रहा था।

अर्दली ने मेरे पीछे भागते हुए कहा, 'सा'ब किधर जाएंगे?'

मैंने चिल्लाकर कहा, 'यूनिट! यूनिट में चलो। उसे ही ढूंढेंगे।'

हम अस्पताल के कपड़े पहने थे। कुछ सिपाहियों से यूनिट का पता चला कि रैफिल्स कॉलेज की ओर है।

सिंगापुर में लोग भाग रहे थे। नागरिकों में हाहाकार मच रहा था। नागरिक लोग लड़ रहे थे। भूखे सिपाही नगर को लूट रहे थे; क्योंकि उन्हें खाने को नहीं मिल रहा था। वे भूखे थे...कम्युनिस्टों को जगह-जगह जापानी लोग एकदम गोलियां मार देते थे...स्त्रियों से अखण्ड बलात्कार हो रहा था, भूखी औरतें अधनंगी होकर उन मतवाले जापानी सिपाहियों से चिपट जाती थीं...सिपाही भाग रहे थे...

क्लूनी पर्वत के पास मैं अपने यूनिट की अन्तिम स्थिति में जा मिला।

रेडियो पर वेवेल का भाषण आ रहा था...

हम अन्तिम दम तक लड़ेंगे...हम आखिरी आदमी तक लड़ेंगे...

कर्नल ने मुझे देखा।

'तुम घायल हो।' उसने कहा, 'अस्पताल जाओ।'

मैंने कहा, 'वह स्थान भयानक है, यहां से भी खतरनाक है।'

'तुम्हारी पट्टी अच्छा निशान नहीं है।'

मैं चुप-सा लेट गया। सिर में मंदा-मंदा दर्द हो रहा था। पानी के नल जापानियों ने पहले ही उखाड़ दिए थे, मैंने जिन पी। पास में खाई का गंदा पानी था उसे पीकर गर्मी के कारण लोगों को पेचिश हो रही थी। पेट में मरोड़ा हो रहा था। 45 फीसदी लोग उसीसे मर रहे थे। सिगरेट नहीं थी, यातायात ध्वस्त पड़ा था। दो दिन से खाना नहीं मिला था। कोई काम नहीं कर रहा था। सिपाही रायफल से, मुर्गा दिखा, तो गोली मारते थे, भूनते और खा लेते थे।

मैं उठ बैठा।

मैंने देखा। यहां गोलाबारी का अच्छा प्रबन्ध था। एक जापानी टैंक खबर लेता घूम रहा था। मैंने गोली चलाई। टैंक मुड़ा और लौट गया।

'कॉरपोरल।' मैंने कहा, 'मोरटार लाओ।'

कॉरपोरल लौटा। साथ में ब्रिटिश तीन इंच की मोरटार लाया।

'कहां चढ़ाऊं?' उसने पूछा।

मैंने कहा, 'यह तुम्हारा काम है। देख लो।'

चार सिपाहियों ने उसे चढ़ाया।

कॉरपोरल मेरे पास खाई में आया। हम खाई में छिप गए। जापानी गोले फिर बरसने लगे।

आध घंटे तक भयानक रोर करते हुए दोनों ओर से भीषण विस्फोट करनेवाले गोले बरसते रहे। धूल ही धूल छा गई। उसी समय एक शेल आकर हमारे मोरटार पर गिरा। एक अंग्रेज़ सिपाही तुरन्त मर गया। एक टॉमी के बिल्कुल चोट नहीं आई, पर उसमें एकदम धूल घुस गई। वह

कभी इधर गिरता था, कभी उधर और तब वह बेहोश होकर गिर गया। तीसरे सिपाही का सीधे हाथ की तरफ का सीना उड़ गया, किन्तु वह फिर भी ज़िंदा था, मरा नही था...और चौथे के पेट की अन्तड़ियां निकल आई थीं और...और वह भी ज़िन्दा था...हाथों में अन्तड़ियां पकड़े था।

दिन के एक बजे के उजाले में मैंने उन्हें तड़पते देखा। जब गोलाबारी रुकी, स्ट्रेचरों पर घायलों को भेज दिया गया। कॉरपोरल ने मेरे पास आकर कहा, 'दूसरी मोरटार आने तक...'

वह मेरे पास बैठ गया। सिगरेट नहीं थी, इसलिए उसने एक बार दो उंगलियां होंठों से लगाईं, फिर दांत भींच लिए।

तीन बजे दूसरी मोरटार आ गई।

जापानी हवाई जहाज़ मंडराने लगे।

मुझे ही दूसरी जगह ले जाकर मोरटार चढ़ानी पड़ी, क्योंकि सूबेदार कमांडर थर-थर कांप रहा था। हमने 'अण्डरकवर' मोरटार बड़ी देखभाल करके चढ़ाई। फिर चलाई तो ऊपर के पेड़ की डाली से पहली शेल टकराई, क्योंकि मोरटार ठीक सतह पर नहीं जमी थी। पहली शेल फटी, हमारे दो आदमी मारे गए। इस बार की टीम भी विनष्ट हो गई।

मैंने कर्नल से फोन किया।

उत्तर मिला, 'अब मोरटार नहीं है।'

यहां जापानी हर पांच मिनट बाद गोले बरसाते थे। और हमारे पास कुछ नहीं था! हेडक्वार्टर से संवाद आया, 'तुम्हारी जगह एक ब्रिटिश कम्पनी आएगी।

हम मन ही मन प्रसन्न हुए, किन्तु तत्क्षण ही हमारा हर्ष शोक में बदल गया, क्योंकि हम जानते थे कि अब वे लोग मरेंगे। उस समय न अंग्रेज़ स्वामी थे न हम गुलाम, मौत के मुंह में पकड़कर इन्सान अपने आदमियों को प्यार करने लगा था...

हम बरसते गोलों में चुप पड़े रहे।

5-30 तक गोधूलि धुंधली पड़ गई, अंधेरा छा गया, क्योंकि जंगल की छाया गहरी होने लगी थी।

मेरे पास गोरा आया। मैंने उसे धीरे से परिस्थिति समझाई। मैने कहा, 'जापानी बहुत पास है...'

उसने पीछे देखा, फिर सामने...

गांव के लकड़ी के घर अंधेरे में जलते दिखाई दे रहे थे। उनके निवासी पहले ही भाग चुके थे....

अंग्रेज़ कम्पनी आने लगी, हम पीछे हटने लगे, गोरे हमारी जगह लेते गए। अभी हम पीछे जा भी न सके कि कर्नल ने कहा, 'हम अन्तिम कम्पनी के साथ जाएंगे।'

हेडक्वार्टर पहुंचकर देखा। वहां कब्र खुदी हुई थी। दो स्ट्रेचर रखे थे। सब गम्भीर खड़े थे।

मैंने पूछा, 'क्या बात है?'

एक व्यक्ति ने आंख से इशारा किया।

मैंने देखा! वह व्यक्ति जिसकी अन्तड़ियां निकल आई थीं, और वह जिसका फेफड़ा एक ओर से फट गया था...मरे नहीं थे, किन्तु असह्य यंत्रणा झेलते हुए पड़े थे। उन्होंने अपनी कब्रें खुदते देखी थीं। उनका मुख मुझसे देखा नहीं गया।

एक ने कहा, 'तुम 'फ्यूनरल' में जाओगे?'

मैंने कहा, 'हां।'

मैंने यूनिफार्म ढीली की।

कर्नल से कहा, 'पादरी!'

पादरी हिम्मत का आदमी था, 'शांत'—उसने कहा, 'इनका पता ले लो।'

मैं लिखने लगा।

कर्नल ने कहा, 'जापानी गोलन्दाज़ बढ़े आ रहे हैं। और यह दोनों मर भी नहीं रहे हैं।'

उन दोनों ने सुना। सबने सुना।

सबने कर्नल को देखा।

मैं बढ़ा। स्ट्रेचर के कपड़े में से पानी भी नहीं निकलता। मैंने उन्हें देखा। एक को हिलाया। अन्तड़ियों वाले का सब खून निकल चुका था। मेरे हाथ भीग गए। वह गोरा अब अपने ही खून में तैरसा रहा था। खून। लाल खून। वही लाल रंग जो दुनिया के नक्शे पर सल्तनते-बर्तानिया को दिखाता है। आज वह गोरा उसी में डूब-सा रहा था।

कर्नल कभी खतरे में भी छिपता नहीं था। वह सिपाहियों के साथ आगे बैठता था, बहुत कम सोता था, हर वक्त तैयार रहता था। मैंने देखा वह अब एकदम टूट रहा था।

वह बढ़ा। उसने कहा, 'पादरी! इन्हें गाड़ दो बर्ना सब ही मारे जाएंगे।'

पादरी रोने लगा। उसने कहा, 'लेकिन वे अभी ज़िंदा हैं।'

कर्नल ने दिल पर पत्थर रखकर कहा, 'हम तुम्हें भी छोड़ देंगे। यह सब कहां जाएंगे?'

कर्नल ने मुड़कर कहा, 'जवानो! इनके गोली मार दो।'

हमने एक-दूसरे की शक्ल देखी। किसी में भी साहस नहीं हुआ।

तब चार ने स्ट्रेचर पकड़े। ज़िन्दों को कब्रों में उतार दिया गया। पादरी रोते हुए प्रार्थना पढ़ने लगा। वे दोनों देखते रहे। उनमें बोलने की शक्ति नहीं थी। उनपर हम लोगों ने जल्दी-जल्दी मिट्टी डाल दी। और दोनों जवानों को दफना दिया।

मेरा हृदय भीतर ही भीतर फटने लगा। उनकी पहचान ले ली गई। नक्शे पर कब्र का निशान लगाया गया ताकि बाद में रिश्तेदारों को सूचना दे दी जाए। कब्रें ढक दी गईं ताकि शत्रु हमारी लाशों को अपमानित न करे।

फिर हम वहां से पीछे भागने लगे। भीषण बमवर्षा हो रही थी। नागरिक मक्खियों की तरह मारे जा रहे थे। घर-घर लड़ाई हो रही थी, मशीनगनें चल रही थीं। आकाश से जापानी हवाई जहाज़ बम गिरा रहे थे।

जापानी पीछे से आ गए। हम शहर से अब दो मील आगे थे। पीछे एलाइज़ का दम टूट चुका था। ब्रिटिश रेजीमेण्ट ने 300 आदमी मारे थे। पूर्व को छोड़कर दे सड़क के पश्चिम में रैफिल्स कॉलेज के दक्षिण में चले गए थे। वहां एक मलेरिया-नाशक नाला था। देखने में एक छोटी नहर-सा लगता था। मैंने देखा उसमें धड़ पड़े थे, सिर नहीं थे। जापानियों ने हमें डराने को विभीषिका दिखाई थी। पास में मुण्ड पड़े थे, जिनकी नाकें कटी हुई थीं।

रात को हम लोगों में किस्से चल पड़े कि पास के गांव की खबरें क्या थीं।

सिपही कहने लगे :

—जापानियों ने औरतों से बहुत बलात्कार किया है...

—बच्चों को संगीनों से टुकड़े-टुकड़े कर दिया...

—यह भी कोई वीरता है...

—उन्होंने औरतों की छातियां काट डाली...

—उन्होंने औरतों की रानों में संगीनों से वार किए...

मैं क्रोध से फिर भन्नाने लगा।

—जापानियों के तूफानी दस्तों में कोरिया के सैनिक हैं, और उनकी दाढ़ियां बढ़ी रहती हैं, शराब से आंखें लाल रहती हैं, जीत की खुशी ने उन्हें पागल कर दिया है...वे लोगों के सिर पर शराब की बोतलें फोड़ते हैं...

मैंने देखा है। एक चीनी बच्ची...अपनी मुर्दा मां की बगल में पड़ी थी...बम फटने से उस औरत की एक तरफ की छाती फट गई थी...मर्द शायद था नहीं...सड़क पर पड़ी थी...जापानी ने उस बच्ची के गले को भारी बूट रखकर कुचल दिया...

एशिया ऐसे ही एशिया वालों का है?

—और आज मैंने देखा...

मेरा बैटमैन पास आया। बोला, 'सा'ब! वह बच्ची है एक।'

मैंने देखा। छोटी-सी। चीनी बच्ची। थी वह दस साल की, पर वह बहुत छोटी-सी लगती थी, प्यारी प्यारी...

'क्या है?'

'इसे मैंने अपने पास रखा है। अस्पताल के पास मिली थी। कभी नहीं रोती, कभी नहीं डरती। खाई में चुपचाप लेटी रहती है। मैं कपड़े धोता हूं, यह खाना परोसती है...'

मैंने स्नेह से बच्ची के सिर पर हाथ फेरा।

[बाद में जब समर्पण हुआ तब जापानियों ने उसे छीन लिया। वह उनसे बड़ी घृणा करती थी, मेरे पांव पकड़कर रोने लगी। मैं रुआंसा हो गया। मैंने कहा, 'मेरे पास न कपड़े हैं, न खाना, इनके साथ जा...यह तुझे खाने को देंगे...' वह चली गई। जापानियों ने उसे शराब पिलाने के काम पर रख लिया था।]

अब हमपर समुद्र से भी वार होने लगा, आकाश से भी। अब चुंगी लाशें नहीं उठाती थी। लाशें पड़ी रहती थीं। चोरों का राज हो गया था। औरतों के कपड़े उतार लिए गए थे। वे सड़कों पर नंगी घूमती थीं, ऐसी जैसी पैदा हुई थीं। लज्जा खो चुकी थीं। लाशें सड़ने लगी थीं। बदबू से नाक सड़ती थीं। कुत्ते भूखे थे, वे लड़ते हुए लाशों के टुकड़े टुकड़े करके फैलाते, उन्हें ही खाने लगे थे।

इन दो दिनों में हमें खाने को कुछ न मिला। नाले का पानी पीते थे, पेचिश से कई आदमी मरोड़े खाते थे और फिर भी युद्ध कर रहे थे...

अफवाह फैली कि पिनांग के पास अमरीकी सेना उतरी है...

हम अफसर उस नाले और खाई के पानी में जिन मिलाकर पीते थे।

14 तारीख की रात को अंधेरे में घंटी बजी।

'कौन बोलता है!' मैंने चोंगा लेकर पूछा।

'मैं हूं कर्नल।'

'यस सर!'

'कुछ जापानी तुम्हारे दाहिने घुस आए हैं...'

'हेडक्वार्टर पर?'

'हां, वे वहां हमला कर रहे हैं...'

फिर मैंने सुना...'अंधेरा छा रहा है...'

'यस सर!'

'तुम पीछे हटे हो?'

'कुछ लोग!'

'क्यों? जो हटते हैं उन्हें गिरफ्तार करो...'

'यस सर!'

गोर्डनस को अपना अधीन व्यक्ति भेजो, बिल्कुल तुम्हारे बाद का

'यस सर!'

मैंने कहा, 'तुम!'

'हां।' वह उन्नीस साल का अंग्रेज़ लड़का था।

मैंने समझाकर कहा, 'जाओ।'

उसका चेहरा सफेद पड़ गया।

मैंने कहा, 'क्या हुआ?'

'कुछ नहीं, उसने कहा, 'मैं इन्कार नहीं करता...पर क्या यह व्यर्थ नहीं है?'

'मैं तुम्हारे साथ सेक्शन 7 के आदमी भेजूं?'

'वे भी मारे जाएंगे।' उसने हताश स्वर से कहा।

मैंने कहा, 'ठीक है मत जाओ!' इस वक्त गिरफ्तारी से फायदा ही क्या! आध घंटे बाद कर्नल से कह दूंगा कोई नहीं मिला।'

उसने मेरी ओर कृतज्ञ दृष्टि से देखा।

'तुम यहीं रहना।' कहकर मैं खाई से निकला।

मैं अन्तिम स्थान पर रखी मशीनगन तक गया, निरीक्षण करने।

सिपाहियों ने मुझे देखा तो सलाम किया।

मैंने कहा, 'खाना नहीं मिला?'

'नहीं। आपने खाया?'

मैं हंसा। मैंने कहा, 'कभी तो मिलेगा न!'

'हां सा'ब! सिगरेट हैं!'

'कहां हैं?' मैंने धीरे से पूछा।

फिर किसीने नहीं पूछा।

मैं नाले में उतरने लगा। नाला आगे जाकर दो भागों में बंट गया था। कहीं-कहीं आग लग रही थी। अन्धकार में लूक-सी उठती थी। उजाला हो उठता था।

मुझे किसीके सरकने की आवाज़ आई। मैं पिस्तौल निकालकर लेट गया। सरकने की आवाज़ पास आई। इधर-उधर देखकर एक व्यक्ति बढ़ा।

मैंने हठात् कहा, 'कौन है वहां?'

'ह ह ह...' वह हकला गया। घबराहट के मारे बोल नहीं सका।

मैंने कहा, 'दोस्त कि दुश्मन?'

उसने कहा, 'गोर्डन्स!'

मैंने उसे पकड़ लिया। उसकी पिस्तौल हाथ उठवा के ले ली और उसे ले आया।

गोरा लड़का पास आया। उसने कहा, 'यह कौन है?'

'गोर्डन्स!'

'तुम लाए हो!' वह अवाक् था।

मैंने कहा, 'तुम छोटे हो! जाओ। कर्नल के पास ले जाओ!'

हठात् उसने कहा, 'यह कमाल का काम है। तुम लाए हो, तुम ले जाओ। मैं तो नहीं गया था!'

मैंने कहा, 'यह मेरा हुक्म है। तुम्हीं ले जाओ!'

वह गोरा मुझे क्षण-भर देखता रहा। फिर उसे ले गया। जब वह लौटा तो उसने कहा, 'तुम एक अजीब दोस्त हो।'

मैंने देखा। वह गोरा लड़का, अब पता चला वैल्श था। वेल्स का बासी। वह रोने लगा।

'क्यों रोते हो? मैंने पूछा।

'तुम मुझसे सीनियर (बड़े) अफसर हो, तुम स्वयं मेरी जगह गए। कर्नल ने मुझे शाबाशी दी। मैं क्या करता? देखो मुझे एक सिगरेट दी है।' ओयन ने कहा।

'सिगरेट!!' मैंने कहा। मैं खुश हो गया। फिर हम दोनों ने कम्बल ओढ़कर आधी-आधी पी। मज़ा आ गया। शायद उतनी अच्छी सिगरेट दुनिया में न कभी थी, न शायद होगी।

बम का एक बहुत भीषण धड़ाका हुआ।

एक राजपूत जमादार मेरे पास भागकर आया और बोला, 'हुक्म दें।'

मैंने कहा, 'अपनी जगह रहो।'

'गोरे भाग गए हैं। आप हमें मरवा देंगे।' उसने कहा।

मैंने कहा, 'तुम इस गोलाबारी से बचकर जाओगे भी कहां? क्या नगर के लोग नहीं मर रहे हैं?'

मैं समझ गया, वह भागने की सोच रहा था।

जब गोलाबारी कुछ रुकी, मैं उसे देखने लगा। जमादार के होश उड़ रहे थे।

हवलदार ने कहा, 'इसे हटा दीजिए। कायरता फैला रहा है।'

हवलदार के मुंह से शब्द लोहे के से निकले।

जमादार ने कहा, 'आप अफसर हैं, आप ही मुझे मार डालिए... मुझे मार डालिए...' वह चला गया।

सुबह तीन बजे का वक्त था। मैं खाई में ऊंघने लगा था। कोई मेरी खाई में कूदा।

बम फिर खूब फट रहे थे।

जमादार!

मैंने कहा, 'क्या है? अब क्यों आए हो?'

'हुज़ूर। बड़ी गोलियां आती हैं।'

मैंने कहा, 'कितने मरे?'

'अभी तो कोई गिनती नहीं।'

'फिर क्यों डरते हो? गोले बहुत पास गिरते हैं?'

'जापानी बड़े खूंखार हैं, वे बहुत बुरी तरह मारते हैं...'

हवलदार ने मुड़कर देखा। कहा, 'सच?'

मैंने कहा, 'जमादार! एक मिनट में अपनी जगह लौट जाओ, वर्ना मैं तुम्हारे गोली मार दूंगा।'

'मैं जाता हूं, मैं जाता हूं,' जमादार ने हकलाकर कहा। लेकिन वह गया नहीं। कांपने लगा।

मैंने कहा, 'जाओ, वर्ना मैं गोली मार दूंगा।'

हवलदार आगे बढ़ा।

तभी एक बम कहीं फटा। मैंने उसे धक्का देकर खाई के बाहर कर दिया। जमादार पेट के बल भागने लगा।

'कायर!' हवलदार बड़बड़ाया।

15 तारीख को दो बजे थे।

कुछ लोगों ने जापानी कार पर सफेद झंडा देखा था। तार पाकर मैं हेडक्वार्टर गया।

कर्नल ने मुझे देखा। आज वह बोल नहीं पा रहा था।

उसने कहा, 'बैठ जाओ।'

मैं बैठ गया।

'कम्पनी कैसी है? अच्छी तरह काम करना। हिम्मत न हारो।'

उसने मेरी आंखों में झांककर देखा। फिर कहा, 'तुम बहुत अच्छा काम करते हो।'

मैं देख रहा था कि वह नर्म हो गया था।

उसने फिर कहा, 'अगर अच्छा समय होता तो मैं तुम्हारी तरक्की में मदद करता। लो पियो। यह सिगरेट लो।'

उसने शराब की बोतल की तरफ इशारा किया और सिगरेट का पैकेट मेरी ओर बढ़ाया।

मैंने शराब की बात पर ध्यान नहीं दिया। कहा, 'मुझे कम्पनी में लौटना है। मेरे आदमी भूखे हैं, उनके पास सिगरेट भी नहीं है। मुझे दीजिए। मैं एक पीकर, बाकी सिगरेटें बांट दूंगा।'

कर्नल ने स्नेह से मेरी ओर देखा और कहा, तो तुम बांटोगे?"

मैंने सिर हिलाया। उसने कहा, 'ठहरो।'

वह उठा और उसने मुझे 10 पैकेट और दिए।

मैं सैलूट करके चलने लगा।

'ठहरो!' कर्नल ने रोका, 'बैठो।'

मैं बैठ गया। कर्नल ने खाई के पानी में कुछ अधिक जिन मिलाई और बड़ा-सा मग मेरी ओर बढ़ाया।

मैंने दो घूंट पिए। बड़ी तेज़ थी। तब मैंने बगल के अफसर की ओर बढ़ा दी। सब पीते चले।

कर्नल ने कहा, 'बहुत महत्त्वपूर्ण बात है। उसने मुड़कर कहा, 'एड्जूटेण्ट वार्ड! सम्बाद सुना दो!'

वह रुका और कहा 'जी ओ० सी० मलाया कमांड-जनरल परसीवल का हस्ताक्षर है। 16-00 घंटे पर सब हथियारों से गोलियां निकाल ली जाएंगी। सफेद झंडे, रूमाल फौजी टुकड़ियां सामने लगाएंगी। कोई गोली नहीं चलेगी...' और उसने अन्त में कहा, 'जापानियों पर हमला नहीं करना होगा।'

हमने एक-दुसरे की ओर निस्तब्धता से देखा। लगा, युद्ध समाप्त हो गया था। कर्नल रुआंसा हो गया था। मुझे लगा, मैं रो दूंगा। हां, उस समय मैं भारतीय होने पर भी पराजय का अनुभव कर रहा था। मेरा साम्राज्यवादी स्वामी हारा था, लेकिन यहां हमारा लहू बहा था! और आनेवाले जापानी क्या वे मदांध साम्राज्यवादी नहीं थे?

मैंने सिर झुका लिया। अफसर चुप बैठे रहे। कर्नल निस्तब्ध खड़ा था!

कर्नल समीप आया। उसने मेरी पीठ थपथपाई और भरीए स्वर से कहा, 'यह अग्नि-परीक्षा है। लेकिन हम इससे पार होंगे। कम्पनी का समाचार देना।'

मुझे लगा, यह पूर्ण समर्पण नहीं था, वर्ना हम पार किससे होंगे? मैं लौट आया। मैंने एक सीनियर सूबेदार और ओयन को बताया।

ओयन बच्चे की तरह फूट-फूटकर रोने लगा। मैं स्तब्ध देखता रहा। ओयन ने कहा, 'मैं घर से बहुत दूर हूं...बहुत दूर हूं...'

जापानियों की बंदूकों ने पहले से भी ज़बर्दस्त हमला शुरू कर दिया था।

कम्पनी में सम्वाद फैल गया। आठ बजे तक सम्वाद फैल गया। छः घंटे बाद चार बजे दोनों ओर से युद्ध रुकने वाला था। इस दौरान में हम शान्त पड़े थे और शत्रु धुआंधार बम फेंक रहा था। यह क्या था।

'यह आत्महत्या है।' ओयन बुदबुदाया।

सी कम्पनी के एक ऐंग्लो-इंडियन कमाण्डर को खबर मिली तो वह हेडक्वार्टर चला। कंटीले तारों की वजह से वह सीधा नहीं जा सकता था, हमारी तरफ आया।

बोला, 'एच क्यू में कर्नल ने बुलाया है।'

मैंने कहा, 'खेल खत्म हो गया। आओ सिगरेट पी लो, यहीं बैठो।'

वह नहीं माना। कहा, 'कम्पनी से कह दूं।'

वह, सूबेदार और फ्रेज़र एक खाई में थे। उसी समय एक बम फटा। तीनों वहीं ढेर हो गए।

पन्द्रह मिनट बाद उसका अर्दली भागा हुआ आया। उसने कहा, 'सा'ब तो मर गया।'

मैंने कहा, 'दूसरे मोर्चे के रास्ते में होगा!'

ओयन को विश्वास नहीं हुआ। अर्दली कांप रहा था। उसके चेहरे पर

मुर्दनी छा रही थी। ओयन चला।

मैंने कहा, 'बैठो बैठो।'

ओयन रोता हुआ लौटा।

मैंने कहा, 'क्या हुआ?'

'वह मर गया!'

'मर गया!'

'हां, उसका सिर मुझे नहीं मिला।'

मुझे लगा, मुझे किसीने ज़ोर से घूंसा मारा था। अनजाने ही मैंने अपने सिर को छुआ। वह तो वहीं कन्धों पर था।

मैंने कर्नल को फोन किया। उत्तर आया, जो उचित समझो वही करो। मैं उठकर चला। ढूंढ़ने पर मुझे उसका सिर चार-पांच गज़ की दूरी पर एक झाड़ी में मिला। मैंने धूल पोंछी और फिर सिर लाकर धड़ पर लगाया। फिर हमने धरती खोदकर उसे गाड़ा और नक्शे पर निशान लगाया।

मुझे खयाल आया। इसीने मुझसे कहा—शायद कुल चार-पांच दिन पहले, मां का खत आया है, हम तीन भाई हैं। उसे आशा है कि हम जल्दी घर पहुंचेंगे। अगर एक भी पहुंच सका तो कितनी खुश होगी वह!

अब वह कहने वाला मर गया था। युद्धभूमि में घर का पत्न कितना सुख देता है! इंसान जहां गोलियों की भूख मिटाता है, वहां वह सुदूर घर की पाती मानव-जीवन के स्नेह का अक्षय संदेश, जीवित रहने की सार्थकता लेकर आती है। उसी घर के लिए तो हम बंदूक चलाकर किसी अनजाने व्यक्ति को शत्नु समझकर गोली मारते हैं।

उस दिन उसे कितनी आशा थी!

मां के नेत्न! और फिर मुझे अपनी मां की याद हो आई। वे नयन सुदूर समुद्र-पार, विशाल मैदानों के पार पर्वतों के नीचे दिखाई दिए और फिर मेरे सामने आ गए।

सीज़ फायर के बाद इसी तरह चीनी कम्पनी—सिंगापुर वालण्टियर कोर का साओलिय कम्पनी कमांडर भी इसी प्रकार खाई के बाहर निश्चित बैठा था। बम फटा और लेट गया। बड़ी देर तक जीता रहा, तड़पता रहा। उससे मैंने कहा, 'अस्पताल चलो।'

उसने कहा, 'नहीं।'

उस समय मैंने मनुष्य की वेदना सहन करने की शक्ति देखी। चीनी बीर की सहनशक्ति असीम होती है। इतना मैं जानता था कि चीनी और जापानी एक-दूसरे से घोर घृणा करते थे, वे एक-दूसरे की एक-एक आंख फोड़कर तड़पा-तड़पाकर हत्या करते थे। उनके लिए युद्ध कोई बड़ी बात नहीं थी। जापानी कहते थे कि चीनी लोग युद्ध में गौरव समझते हैं, वे ब्रिटिश और भारतीयों की तरह नहीं डरते। मुझसे एक जापानी ने कहा था, 'किसलिए हम मारते हैं जानते हो? अपने आदमियों की हिम्मत बढ़ाने।'

[एक साल बाद मैंने खुद जापानी कैद में देखा था। जापानी अपने कैदी के हाथ बांध देते थे और उसे घुटनों के बल बिठा उसकी गर्दन झुकाकर तलवार से सिर काट देते थे। सिर सामने खुदे गड्ढे में गिरता था। तब वे लाश धकेलकर गड्ढे को भर देते थे। वहीं मुझे एक जापानी अफसर ने बताया था कि उसका एक दोस्त युद्ध में चीन गया। उसने वहां चीनी कैदी पकड़े। उस वक्त तक उसने किसीकी हत्या नहीं की थी, नया था। चीनी कैदी ने उससे कहा, 'मेरी आंखें बन्द मत करो।' तब वह हिम्मत करके आगे बढ़ा, लेकिन ठिठक गया। उस वक्त तक उसने हत्या नहीं की थी। चीनी कैदी चिल्लाया, 'अगर तु बहादुर है तो मुझे जल्दी मार। कायर की तरह मुझे यातना मत दे। चपटी नाक के दोगले, जल्दी कर।' वह फिर बढ़ा, पर बेहोश होकर गिर गया। उस समय सब हंसने लगे। किसी और ने उसका कत्ल किया।

[क्वालालम्पूर में मुझसे एक जापानी गनर अफसर मत्सुओका ने पूछा था, 'तुमने कभी आदमी का कत्ल किया है?'

मैंने कहा, बन्दूक से न?'

'नहीं, तलवार से?'

मैंने कहा, 'नहीं।'

'तुम तलवार से मारना अच्छा समझते हो कि बन्दूक से?'

मैं उत्तर नहीं दे सका।

उसने कहा, 'तलवार से मारना अच्छा होता है। तुरन्त मरता है। बन्दुक में वह दुःख पाता है। मेरे साथ आओ। मैं तुम्हें दिखाऊं। उसके बाद तुम भी तलवार से मारना पसन्द करोगे! मैं तुम्हें दिखाऊं कोमितांग के लोग कैसे मरते हैं।'

'तुम कैदियों को मारते हो?' मैंने आतंकित होकर पूछा। मैं भी कैदी था।

'क्यों?' उसने कहा, 'यह तो जापान में वीरता में गिना जाता हैं।'

मैं थर्रा गया। किन्तु वह मेरे पीछे पड़ गया। बमुश्किल जान छुड़ाई, पर दूसरे दिन फिर आ गया। बोला, 'देखो! जब मैंने पहली बार हत्या देखी थी, तब मुझे नींद नहीं आई थी। दूसरी बार यह बात नहीं रही। तीसरी बार मुझे मज़ा आया। फिर मैंने चौथी बार मारा तो दिल ने कहा यह अच्छा नहीं हुआ। पर विचार आया, चला गया। फिर चीनी युद्ध में तो सब जायज़ हो गया, बहुत मारे मैंने। बड़ा मज़ा आता है। एक बार चलो। मैं चाहता हूं तुम्हें भी वही सनसनी हो, वही मज़ा आए।]

सचमुच जापानियों ने सिंगापुर में चीनियों के सिर काट-काटकर टांग दिए थे जो तीन-तीन चार-चार दिन तक लटके रहे।

सस्वाद आया। जनरल परसीवल और जापानी सेनापति यामाशीटा की मुलाकात हुई। पूर्ण समर्पण हुआ। सिंगापुर में यूनियन जैक—अंग्रेज़ी सल्तनत का झंडा उतर गया और सिंगापुर के नये जापानी राज्य के दिए नाम शोनान में हीनामोरो—जापानी साम्राज्य का झंडा फहराने लगा।

प्रतिध्वनि सुनाई दे रही थी, एशिया एशिया वालों का है... बन्दूकें नहीं चल रही थीं, जापानी हमारी तलाशी ले रहे थे...वे कइयों के कपड़े तक उठा ले गए...

और तब मैंने देखा...मैं भारतीय...दो साम्राज्यों के गिरने-उठने में तब वेतनभोगी सिपाही था, और अब एक युद्धबन्दी।

और मैंने सोचा...शायद अब जीवन को वह भय नहीं रहा...अब युद्ध समाप्त हो गया...

महानगर में जापानी भीषण जयजयकार कर रहे थे...

[मैं बच गया था! क्या यह आश्चर्य नहीं था!

हम जिन खाइयों में बैठते थे, वहां ज़रा-सा माथा निकलता था तब झड़ाक गोली लगती थी। उस वक्त पांच मिनट में रिपोर्ट आ रही थी। जमादार मेरी खाई में कूदा।

दो जापानी भागने लगे।

जमादार ने उंगली उठाकर कहा, 'वह देखिए...'

तड़ से उंगली में गोली लगी। हड्डी टूट गई। वह कराह उठा। हम फिर खाई में छिप गए। थोड़ी देर बाद मैंने सिर उठाया। लगा, किसीने ज़ोर से सिर में हथौड़ा मार दिया। मुझे चक्कर आ गया। गोली लगी थी, मेरे लोहे के हेलमेट (शिरस्त्राण) ने बचा दिया था।

इसी हेमलेट ने मुझे इमारत गिरते वक्त बचाया था। इसीको मैंने खाइयों में तकिये की तरह लगाया था और सोचा था, जबकि गोलियां ऊपर भाग रही थीं और मुझे नींद आ गई थी।

एक दिन इसीके भीतर का कपड़ा फाड़कर मैंने इसमें खाना भी खाया था, क्योंकि जापानियों ने अपने कैदियों को खाना बनाने को भी बर्तन नहीं दिए। उस समय मैंने बड़े गनशेल के ऊपर से आधा करके तोड़ा था और उसमें चावल पकाए थे।

वही मैं बच गया था।

आज तक बचा हुआ हूं।

बहुत कुछ कह चुका हूं। मुझे वह सब स्पष्ट याद नहीं है और बहुत से चित्र-से याद हैं। उन्हें सुनाता हूं।]

16 फरवरी, 1943 को हमें घुड़दौड़ के मैदान में हंडेल दिया गया। ब्रिटिश कैदियों के साथ मुझे रखा गया। मैं अफसर था। एक ब्रिटिश सिपाही ने मुझे सलाम किया।

एक जापानी मेरे पास आया। उसने कठोरता से कहा, 'इगरिसु?' इंडी?'

मैंने कहा, 'इंडी!'

जापानी ने कहा, 'इंडी सब काले होते हैं। तुम जासूस हो, ब्रिटिश ने सैलूट क्यों किया?'

उस समय मुझे अनुभव हुआ कि मेरा गोरापन भी एक अभिशाप हो सकता था, वही जिसपर मुझे नाज़ था!

मैंने कहा, 'मैं अफसर हूं।'

'कोई ब्रिटिश इंडी को सैलूट नहीं करता। उसने कठोरता से फिर कहा। मुझे ग्लानि ने विक्षोभ दिया।

उसने हठात् अपने हाथ की लकड़ी से मुझे दो बार मारा। मेरा खून खौल उठा।

मैं लहू का घूंट पीकर रह गया।

तभी दो-तीन अंग्रेज़ उधर से निकले। उन्होंने भी मुझे सैलूट किया।

जापानी ने कहा, 'पापा ब्रिटिश! मामा इंडो!'

मैंने कहा 'नहीं सूअर! नो!'

वह 'नो' को समझा।

उसने पलटकर कहा, 'मामा ब्रिटिश, पापा इंडो!'

मैंने कहा, 'नहीं।'

तब वह चला गया। उसने एक जापानी अफसर से जाकर कहा। उसने मेरी ओर आश्चर्य और सन्देह-भरी दृष्टि से देखा।

मेरे पास ही एक पठान था। उसकी भी इसी वजह से पिटाई हुईं।

16 की रात किसी प्रकार कट गई।

17 के प्रातःकाल हम लोगों को चान्गी तक मार्च करना पड़ा। पन्द्रह मील का सफर था। दस-बारह दिन तक मैं ब्रिटिश कैदियों के साथ रखा गया। अन्त में जब सफाई हो गई तब वे मुझे हिन्दुस्तानी कैदियों में ले आए। उन दिनों आज़ाद हिन्द फौज में भरती शुरू हो गई थी। मुझे शाहनवाज़ ने ही हिन्दुस्तानी करार दिया और तब ही छोड़ा गया।

मैं और माथुर तथा बहादुर तीनों साथ बैठे।

मैंने कहा, 'यह तो मुसीबत खड़ी हो गई।'

'चलो!' बहादुर ने कहा, 'आई० एन० ए० में भर्ती हो जाएं।'

माथुर ने कहा, 'नहीं। पहले अंग्रेज़ों की गुलामी की, अब जापानियों की करोगे!'

प्रश्न बहुत बड़ा था।

मैंने कहा, 'मेरी राय है भाग चलो।'

'कहां जाओगे? घर बहुत दूर है।'

घर बहुत दूर था। लेकिन मन उसे पास ही मानता था।

मैंने कहा, 'मेरे पास कम्पास है, नक्शा है, खाना, नागरिक कपड़े और यह सामान पैसों से मिल सकते हैं। पैसा हम लोगों के पास कामचलाऊ है ही।'

नक्शा देखकर बहादुर ने कहा, 'यार! यह तो एक इंच का मैनूवर मैप है।'

फिर हम लोग भागने की योजना बनाने लगे।

5 मई, 1943 को तय किया गया कि हम भागेंगे। हमने सिपाहियों से मांगकर कपड़े तैयार कर लिए। माथुर दूसरे कैम्प में था। मैं और बहादुर साथ-साथ थे। एक वी० सी० ओ०,एक लान्स नाइक को भी हमन मिला लिया।

इस प्रकार हम पांच व्यक्ति हो गए।

जापानियों ने रेल बना ली थी। कौज़वे की मरम्मत हो गई थी। उन्होंने लकड़ी लगाकर कामचलाऊ रास्ता बना लिया था।

तीन तारीख को मुझे पेचिश हो गई। 4 को मैं बहुत निर्बल हो गया। एक नागरिक को पटाकर टिकट ले लिए गए। बारह-बारह डौलर के मलाया के उत्तरी भाग के अलोरस्टार के टिकट थे। हमने इण्डियन इण्डिपेण्डेंस लीग से मिलकर जाली पास ले लिए थे।

बहादुर ने कहा, 'सुनते हो?'

मैंने पूछा, 'क्या है?'

'तुम बहुत कमज़ोर दिखाई देते हो!'

मैं मुस्कराया।

उसे शायद मेरी मुस्कान में करुणा की झलक मिली। आंखें झुकाते हुए बोला, 'कैसे चलोगे?'

'नहीं जाऊंगा।'

'फिर?'

मैं समझ गया कि वह सारी योजना के बारे में पूछ रहा था। मैंने कहा, 'तुम लोग चले जाना।'

'यह कैसे होगा?'

'और करोगे भी क्या?'

'मैं नहीं जाऊंगा।'

'क्यों?'

'मैं नहीं बता सकता।'

मैंने कहा, 'तुम मौका खो दोगे। यहां ममता नहीं काम देगी। यहां इन्सान मुरव्वत पर नहीं, अपनी किस्मत पर ज़िंदा रहता है। जानते हो, मैं कभी ईश्वर को नहीं मानता था, अब मानता हूं।'

'क्यों?'

'मुझे उसके सिवाय कही सहारा दिखाई नहीं देता।'

'मुझे दिखता है।'

'कहां?'

'स्नेह में।'

मेरे सामने जैसे बिजली-सी कौंधी, फिर बुझ गई।

सचमुच वे तीन भाग गए, बहादुर नहीं गया।

यह सच है कि हम दोनों भागकर अलोरस्टार पहुंचे भी; किंतु हम फिर पकड़े गए। माथुर पिनांग में लेबर क्लर्क हो गया था। वह वहां सस्ती लड़कियां पाकर बह निकला। लेकिन उसे जासूस समझकर जापानियों ने मार डाला।

क्वालालम्पूर से पकड़कर मुझे सिंगापुर लाया गया। उस समय सत्तरह बरस से तीस बरस तक की औरतों के लिए हुक्म हो गया था कि वे जापानी सिपाहियों के विश्रामागारों में संध्या को पहुंच जाया करें, जहां डाक्टर उनका मुआयना करता था और तब वे वेश्यावृत्ति करने को मजबूर की जाती थीं।

बाहर यह हालत थी कि जहां जापानी संतरी मिलता था उसके सामने झुककर जाना पड़ता था। अगर कोई मोटर में हो तो उसे दस कदम पर, गाड़ी रोककर पांव जोड़कर 45 डिगरी का कोण बनाकर सिर झुकाना पड़ता था।

वे बच्चों का भी सिर पकड़कर झुकवाते थे, उन बच्चों का भी जो मासूम थे; क्योंकि वे इम्पीरियल टेनोहेक्का के प्रतिनिधि थे। बच्चे उन्हें बार-बार सलाम करके छेड़ते भी थे। कुछ बच्चों को उन्होंने नाराज़ होकर मार भी डाला था।

[मुझे याद आया। क्वालालम्पूर के एक चौराहे पर एक यूरेशियन लड़की जा रही थी। जब वह जापानी संतरी के पास से गुज़री, उसने सिर

झुकाया और चली गई।

जापानी ने कहा, 'इधर आओ!'

पास बैठा गार्ड उठा।

उसने कहा, 'तुम झुकी नहीं।'

'मैंने झुककर सलाम किया था।' लड़की ने कहा।

वह खूबसूरत थी। गार्ड ने उसके शरीर पर हाथ डाला। क्षणभर वह स्तब्ध खड़ी रही, पर ज्योंही उसने उसके वक्ष को छुआ, लड़की ने तड़ाक से चांटा दिया।

गार्ड पागल की तरह चिल्लाया। उसका साथी भी आ गया। उन्होंने उसे नंगी कर दिया, बिल्कुल नंगी। फिर चौराहे पर खड़ा कर दिया। कोई सड़क पर चलते समय यदि विक्षोभ और लज्जा से मुंह फेरकर निकलता तो जापानी उसके मुंह पर चांटा मारकर कहते—इधर देखो।

चांटा खाकर मैंने वह भी देखा था।]

उनके दफ्तर में ज़रा देर से पहुंचने पर ही उन्होंने कहा, 'हम जुर्माना नहीं करते।'

देर से गया क्लर्क प्रसन्न हुआ। किन्तु तब जापानियों ने उसे पैट्रोल पिलाया।

एक क्लर्क ने नमक चुराया। जापानियों ने उसे एक बाल्टी भरकर समुद्र का खारी पानी पिला दिया। वे देर तक हंसते रहे।

मैंने देखा कि वे घर की लड़कियां पकड़ ले जाते थे, उन्हें वेश्या बनाते थे। घरवाले देखते थे, मगर संगीनें हिम्मत तोड़ देती थीं। भय के कारण भाई ही अपनी बहनों को ले जाते थे।

सिनेमा-घरों में औरतें नित्य ही छेड़ी जाती थीं।

एक साठ वर्ष की बूढ़ी अंग्रेज़ मिशनरी महिला को पकड़कर जापानियों ने मज़ाक किया और उससे करीब दस-बारह आदमियों ने बलात्कार किया।

एक बहुत बुड्ढा गोरा पादरी था। उसकी सफेद-सी दाढ़ी थी। वह

रिक्शे में जा रहा था। सन्तरी के सामने थोड़ा ही रुका। सन्तरी ने उसे लौटाया।

पादरी उतरा।

संतरी ने कहा, 'झुको!'

वह फिर झुका।

सन्तरी ने कहा, 'ऐसे नहीं, ऐसे...'

उसने दाढ़ी पकड़कर उसे झुका दिया। बुड्ढा मुंह के बल गिर गया। सन्तरी ने उसके मुंह पर ठोकर दी। वे सब ठठाकर हंसने लगे।

मैं सोचने लगा।

क्या यह एशिया की मुक्ति थी कि यह कल तक मदांध घूमने-वाले यूरोपियन लोगों को सजा दे रहे थे? लेकिन मुझे खयाल आया। कोरिया एशिया का ही तो देश है। वहां इन्होंने बच्चों को जबरन जापानी पढ़ाई है। और दादी अपने नाती से सरलता से बात नहीं कर पाती। और चीन! चीन की हत्याओं का उत्तर कौन देगा? क्या यह जापानी भारत को मुक्ति देंगे? क्या यह हमें अपने दाव-पेचों में खिलौना नहीं बना रहे थे!

मैं सोचना नहीं चाहता था। यह सब मुझे पागल बनाता था।

सन् 1943 ई०

मुझे अपनी वह हालत देखकर कुछ ताज्जुब नहीं होता था।

उन्होंने मुझे एकान्त में कद रखा। मेरी तरह ही एक कैदी और था। वह नवें दिन पागल हो गया, क्योंकि वह बिना बोले सोचते-सोचते घबरा गया था या वह सोचना नहीं जानता था...

मैं पागल भी नहीं हुआ।

जीवन में मुझे आस्था थी।

आस्था ने ही सदा जीवन को शक्ति दी है।

मैं नहीं जानता कि यदि आस्था नहीं होती तो जीवन क्या होता!

लेफ्टिनेंट मत्सुओका! जापानी! उसने दिया है मुझे यह दण्ड! क्यों! क्योंकि मैंने उससे सिगरेट मांगी थी! और वह उसका अपमान था!

अकेला हूं। अकेला।

हूं।

अकेला रखा है!

यह भी कोई सज़ा है!

मैं अकेला रह सकता हूं।

उम्र भर अकेला रह सकता हूं।

इस तरह रहने में कष्ट ही क्या है?

कुछ नहीं।

कुछ नहीं।

वे समझते हैं, मैं नहीं रह सकता।

लेकिन नहीं रह सकने का कारण क्या हो सकता है!

मैं क्या निर्बल हूं?

आखिर वे मुझे समझते क्या हैं!

बहुत-से साधु मौनी होते हैं।

कैसे रहते हैं वे?

असल में यह लोग जानते नहीं।

जानेंगे भी कैसे कि भारत क्या है!

मन का संयम और मौन दोनों साथ-साथ चलते हैं।

बोलने से तो मन की शक्ति ही क्षीण होती है।

जो चुप नहीं रहता उसे लोग अच्छा भी तो नहीं समझते।

अब यह मुझे थोड़ी-सी आदत भी पड़ जाएगी।

चलो किसीकी झिकझिक तो नहीं सुननी पड़ेगी। न किसीकी डांट ही। अपने एकांत रहेगा।

यह कौन है?

खाना लाया है।

सोचता होगा, मैं इससे बोलूंगा।

और फिर इसे मौका हाथ आएगा कि यह या तो मुझे डांटे या मेरी उपेक्षा करे।

ऐसी क्या मीठी बात करेगा ये जो मैं इससे बोलूं।

बलां से अपनी।

तो मैंने यह मग रख दिया है, यह खाने की प्लेट है।

आज ठीक दे रहा है सब!

अच्छा यह मुझे टटोल रहा है।

आज इसकी आंखें भी कुछ नर्म हैं।

क्यों?

मुझे देख रहा है।

देख रहा है मेरी हिम्मत यह मेरा रक्षक, मेरा भक्षक।

चला गया।

मुस्कराकर।

मैं मुस्कराहट का जवाब मुस्कराहट से क्यों दूं?

सज़ा देनेवाले से सज़ा पानेवाले का क्या ताल्लुक।

यह इन्सान है ही कहां?

दरिंदा!

अरे समझते हैं कि अकेला मैं नहीं रह सकता।

मुझे इन्होंने समझा क्या है?

मेरे तो भीतर ही इतना है कि मैं सारी ज़िन्दगी उसीसे बोलता रहूं, उसीको सुनता रहूं।

फिर जिस जीवन में कष्ट ही कष्ट है, उसमें कोमलताओं की आशा भी क्यों की जाए!

बड़ी हवा चल रही है।

सारे पेड़ हिल रहे हैं।

कैसे गा रहे हैं!

मैं भी गाऊं?

अरे कोई सुनेगा।

सुनेगा तो क्या कर लेगा?

जापानी सोचेंगे कि बड़ा दिलवाला है।

मुसीबतों में गाता है।

हां-हां गाते हैं। यह ज़िंदगी है ही क्या?

पानी का बुलबुला!

चिड़िया गाती है।

उससे कौन कहता है गाने को! उसकी बला से कोई सुने या न सुने!

यह काली चिड़िया थी न जो रोज़ मेरे कमरे में आती थी! दुम कैसी नीचे-ऊपर करती थी! ऊपर-नीचे...

ऊपर नीचे...

छोटी-सी...

बड़ी प्यारी थी...

उस दिन मैंने चुमकारा था...

देखा था उसने मुझे!

कैसे देखा था! क्या था उसकी आंखों में?

मुझे मारोगे?

मैंने क्या बिगाड़ा है तुम्हारा!

मैं हंसा था।

भला इसे मैं क्यों मारूंगा!

वह किताब भी क्या मुसीबत थी। सेंफो की वासना-भरी कविताएं।

मेंफो की गमकती जवानी थी, ठीक जैसे अपने यहां थी अपनी सहपाठिनी...'नाम न लूंगा सच!

अब उसका नाम लेकर होगा भी क्या?

अब तो वह जाने कितने बच्चों की मां होगी!

अरे मरने भी दो।

गुलाम थी...

गुलाम पैदा किए होंगे...

हम जैसे...

लेकिन गुलामी-आज़ादी तो वक्त की बात है।

असल में सभ्यता और संस्कृति की धार में इतिहास तो मांगेगा इन्सान...

अच्छा यह ले खा लूं।

आज चावल पका अच्छा है।

पहले साले कंकड़ बहुत डालते थे।

अब नहीं डालते क्या?

यह रहा!

निगलूं कि थूकूं।

थूकने में फिर ऐसा लगेगा जैसे चावल कम थे। कमी बुरी होती है। पेट मांगता है और।

अरे कंकड़ मैं निगल गया। कहीं पेट में पथरी न हो जाए!

पथरी...

हो जाएगी तो...

दर्द होगा...

फिर मैं चिल्लाऊंगा...

क्यों?

आदमी दर्द से चिल्लाता क्यों है?

दूसरों की हमदर्दी लूटने?

आदमी अपने दुख में दूसरों की हमदर्दी क्यों चाहता है?

हिम्मत का आदमी चुप रहता है।

लेकिन चुपचाप सहते जाने में तो ज़िन्दगी नहीं।

वनस्पति की सी सत्ता है।

लेट क्यों न जाऊं।

आज का खाना अच्छा रहा।

एक बात है। न बोलने से ताकत-सी इकट्ठी हो रही है। कितने दिन के लिए रखा है मुझे उन्होंने इस तरह।

किस तरह?

एकान्त में!

अट्ठाईस दिन के लिए!

अट्ठाईस का साला क्या हिसाब है?

पूरे तीस कर देते।

मालूम देता है उसके बाद मेरा तबादला होगा।

गोया कैद न हुई नौकरी हुई।

अच्छा! क्या ऐसा हो सकता है कि मैं ठीक से रहूं तो ये लोग खुश होकर मुझे छोड़ दें?

छोड़ दें!!!

अरे वाह!!!

कोई व्यक्तिगत शत्रुता से उन्होंने थोड़े ही पकड़ा है। तो बेकार ही?

बेकार नहीं। मैंने बन्दूक उठाई थी।

किनके खिलाफ?

किसीके खिलाफ नहीं।

तो क्यों आए थे तुम?

अपनी तनख्वाह सीधी करने।

पता नहीं अब तनख्वाह का क्या होगा!

मैं जैसा भागा हूं, अपने लोगों को क्या पता कि मैं कहां हूं!

उन्होंने सोचा होगा, मैं तो मर गया।

पर मैं मरा तो नहीं हूं।

यह जीना क्या मौत नहीं है?

नहीं। मौत भयानक है।

ज़िन्दगी किसी भी हालत में हो, मौत से बेहतर है।

झूठ!

तकलीफ नहीं पाई तुमने!

शायद!

वर्ना वे लोग क्यों आते सामने जिन्होंने मौत को ज़िन्दगी से अच्छा समझा।

ज़िन्दगी तब तक अच्छी है जब तक देह को कोई घोर कष्ट नहीं है।

तो जीवन देह का सुख है?

ऐसा भी कहां होता है!

यह तो खैर लड़ाई का ज़माना है, लेकिन जो घरों पर अमन के वक्त रहते हैं, उन्हें बेचैनी क्यों होती है?

तो दो तरह के दुख हैं!

एक भूखे और घायल का।

एक खाए पेट वाले का, तन्दुरुस्त का।

मौत पहले वाले को अच्छी लगती है। और ज़िन्दगी की जो कशमकश वह उठाता है, उसको नाम देता है, वह इन्कलाब। और जिसके खिलाफ वह उठता है, वह उसे नाम देता है बगावत! लेकिन बगावत क्या है? जो नहीं है, उसको पाने के लिए, उस तक पहुंचने के लिए फैलाव एक बगावत है। मसलन एक बीज है। धरती में है। वह बाहर निकलना चाहता है। भारी मिट्टी में से वह सिर उठाता है, और पत्तों को इधर-उधर करता निकल आता है ऊपर। और देता है खुले आसमान और नंगी हवा को सलामी। हवा उसे अपने हाथों से थपथपाती है तो वह मज़लूम, मिट्टी के अंधेरे में ज़िन्दगी का चिराग बनकर मुस्कराता है और आंधी, पानी, तूफानों को झेलने के लिए तैयार हो जाता है।

कौन देखता है उसे?

इतनी फुर्सत दुनिया में है कहां?

अरे मरने दो।

नींद आ रही है।

थोड़ा सो क्यों न लूं?

थोड़ा वक्त नीद में ही निकल जाएगा।

नोंद आती इतनी कि मैं उन्तीसवें दिन उठता। लेकिन देह की थकान पूरी हो जाने पर नींद नहीं आती। थकान हो तो आती है।

मैं एक काम करूंगा।

अब सो लूं।

फिर नींद खुलने पर कुछ देर तक बैठूंगा।

फिर अपने कांटेदार तारों के इसी घेरे में थोड़ा भागूंगा।

नींद आ जाएगी, क्योंकि भागने से थकान आ जाएगी।

पढ़ाई-लिखाई भी क्या चीज़ है!

आदमी निकाल लेता है हल।

हल!! कब नहीं निकाला उसने! उसने ज़िन्दा रहने के लिए कितने तरीके नहीं अपनाए!

अपनाए तो कैसे?

सहानभूति की छाया में।

तरक्की की तो क्यों?

इन्सानों में कुछ ने बढ़ावा दिया, कुछ ने ताज्जुब करके उसके आगे बढ़ते रहने की आग को भड़काया।

अच्छा, क्या अगर कोई न सुने तो?

तो आदमी नहीं बढ़ेगा?

क्या प्रकृति से लड़ना ही उसके लिए काफी नहीं है?

उफ! नींद आ रही है।

सो लूं!

नींद जाने कब आएगी!

आ ही जाएगी किसी दिन...
क्या उम्दा था यह शेर...
लेकिन अब याद नहीं आ रहा है...
जाने भी दो...
शेर के खिलाफ थी मां!
जाने क्यों? चिढ़ थी।
मां क्या कर रही होगी?
सोचती होगी, रनवीर नहीं आया...
रोती होगी...
अकेलापन महसूस करती होगी...
मैं रहता था तो देखती भी नहीं थी जैसे...
देखती थी इतना मुझे जितना शायद मैं अपने को नहीं देखता था...
क्यों होती है मां को अपने बच्चे से इतनी मुहब्बत...
स्नेह से गीली आंखें...
अरे! मेरी आंखें क्यों गीली हो गईं!
मां! तू फिक्र क्यों करती है? मुझे कोई तकलीफ थोड़े ही है।
मां इस तरह न सोच कि तूने मुझे अन्याय से हटाया है।
पाल-पोसकर...बड़ा करके...
भेज दिया...
बलि के बकरे-सा...
कटने को...
मां, तूने लहू और मांस तो नहीं बेचा...
लेकिन मैं तो लहू और मांस ही हूं...
छि:! तू क्या करती? और भी तो थे...
उनका क्या होता...
जीवन तब ही बनता है मां। जब सब एक-दूसरे के लिए झुकते हैं...
मां, मैं घबराया नहीं हूं...

मुझे कोई चिन्ता नहीं है...

अरे यह जापानी मेरा क्या कर लेंगे...

जब तक सांस है तब तक तो कोई कुछ कर सकता नहीं। पर जब सांस नहीं, तो कोई कुछ क्या कर सकता है...

आदमी क्या घर पर नहीं मरते...

शायद मैं सो गया था...

सांझ हो चली है...

सूरज पेड़ों के पीछे हो गया है...

किरनें छन-छनकर आ रही हैं...

आदमी चाहे हो न हो, प्रकृति अपना सुन्दर गीत गाती रहती है, और इसे जैसे कसीकी अपेक्षा नहीं...

जब पृथ्वी पर मनुष्य नहीं था, तब भी यह सुन्दर पन्ने के रंग वाली हरियाली जगमग किया करती थी...

किया करती थी और इसे किसीकी चिन्ता नहीं थी...

हर काम एक नियम से होता था...

बीज फूटता था...

वृक्ष बढ़ता था...

बड़ा होता था, छाया फैल जाती थी...

तब इसके नीचे कोई जंगली जानवर आकर बैठता था...हो सकता है कभी दो आते थे, फिर वे खेलते थे और अपने जैसे नये प्राणी को जन्म देनेवाला खेल खेलते थे, पेड़ रहता था...हो सकता है कोई विशालकाय जन्तु अपनी गर्दन उठाकर इसकी पत्तियां चबा जाता था, पानी बरसता था, या इसकी ऋतु आती थी और फिर इसमें पत्ते फूट निकलते थे, फिर आते थे फूल और तब फल...

ज़िन्दगी एक चलता-फिरता पेड़ है, उम्र में इसपर आफतें आती हैं,

चली जाती हैं, जवानी इसका फूल है और बच्चा है फल...

सैकड़ों पक्षी आकाश में उड़े जा रहे हैं...

कहा?

घरों की तरफ...

इनका भी घर होता है...

घर कितनी प्यारी चीज़ है...

जिसके समझ आती है, वह घर रखता है...

यह परिंदे इस पूर्व के हैं ,हमारे पक्षी यहां से पछांह के...उनके इतिहास की किसे याद है...किसीको नहीं। जीते हैं, मर जाते हैं...

और आदमी क्या करता है...

जीता है, मर जाता है...

मरने से डरता है,

जीता है तो दुःख पाता है।

कोई भी ऐसा इन्सान न हुआ, न है, न होगा, जिसे कभी दुःख नहीं होगा, आदमी भी, औरत भी। बच्चा भी दुःख की जानकारी रखता है, उसके अपने दायरे होते हैं, डर होते हैं...

फिर यह जीवन क्या है?

इस अतृप्त वेदना को ढंके रहने के लिए मनुष्य एक आदर्श बना लेता है...

कॉलेज में हम बहसें करते थे...

फ्रायड...

मार्क्स...

ईसा...

मुहम्मद...

बुद्ध...

कृष्ण...

काना प्याऊ वाला उस सबको बकवास समझता था। वहां सब थे, यहां एक कुत्ता भी नहीं।

कुत्ता कितना वफादार जानवर होता है! रोबिन्सन क्रूसो जब अकेला था, तब कुत्ते ने उसे कभी अकेलापन महसूस नहीं होने दिया।

अकेलापन क्यों होता है?

अकेलेपन में चिड़चिड़ाहट आती है।

बेकन कहता था कि अकेलेपन में दो ही रह सकते हैं...

या तो जन्तु...

या भगवान...

एक क्योंकि समझता नहीं, उसका शरीर है एक, उसकी भूख-प्यास है...बस वही काफी है, अगर वह जन्तु मादा है तो, अगर यह नर है तो, जोड़ा बनते ही काम होगा एक-दूसरे को सूंघना, चाटना और...

लेकिन भगवान!

वह इसलिए कि वह पूर्ण है...

मनुष्य न नितान्त पशु है...

न पूर्ण ही...

इसलिए उसे साथ चाहिए...

चाहिए बोलचाल...

चाहे वह घृणा करनेवाले से ही हो...

चाहे अत्याचारी से ही...

बोले न बोले...उससे क्या...

आदमी को तो हंसना चाहिए...

हंसने से भूख लगती है...

मैं हंस लूं, सच मुझे अपनी बेवकूफी पर हंसी आ रही है...

लेकिन...

लेकिन हंसना ठीक नहीं है...

क्यों?

भूख लगेगी तो उतना खाने को कहां से आएगा...

वे तो नपा-तुला भात देंगे...

कमीने जाने कैसा भात देते हैं उसमें एक मैलापन रहता है...

सच जब खाकर देखता हूं कुछ बाकी बचे हुए को तो उबकाई आने लगती है...पर उगलता नहीं कुछ...

सब खा जाता हूं...

आंतें...

बड़ी राक्षसी हैं ये आंतें...

बेईमान पेट...

मेरी शिक्षा एक फूल है, मेरी संस्कृति एक देवी, मेरी सभ्यता एक पुजारिन, लेकिन यह मेरा पेट एक नरक है; सूअर न मेरी इज़्ज़त देखता है, न मेरे ज़ीवन का गौरव, मुझे तोड़ देता है यों ही...

इस पेट का भी अभी तक आदमी इन्तज़ाम नहीं कर सका है...

कर ले तो...

युद्ध बन्द।

मगर किस तरह करे?

मार्क्स कहता था....

मगर वहां देखा किसने है अभी...वह तो कॉलेज की बहसें थीं...

चावल तो वाकई घर पर बनता था...

देहरादून वाला, लम्बा, और एक-एक नग खिला हुआ, उसमें से सोंधी-सोंधी खुशबू आती थी...

थोड़ा उठकर धीरे-धीरे घूम न लूं?

पेड़ों की छायाएं लम्बी हो गईं हैं। जैसे अब यह जाएंगी। कहां जाएंगी पता नहीं। शायद यह अब अपनी सीमाएं छोड़ देंगी और सबमें व्याप्त हो जाएंगी...

और अंधेरा...छा जाएगा, बियाबान अंधेरा.. डरावना और मैं आदिम

मनुषय जैसा इस निर्जन में रह जाऊंगा, क्या डर है...

क्या जंगल में रातें नहीं काटीं...अरे जब तक रहना है, तब तक तो रहना ही है...

लेकिन वह दिन भी तो थे जब कहते थे हम, कि परमात्मा नहीं है, क्योंकि विज्ञान नहीं मानता..

विज्ञान की अकल ही कितनी...

फिर आदमी को मुसीबत में सहारा ही क्या है?

तो गोया परमात्मा एक कमज़ोरी को बहलाना है, जिससे यह महसूस किया जाए कि नहीं हमारा भी एक बचाने वाला है...

हमारा?

हम हैं क्या...

पहले हम थे कहां...

आदिम कालों में जब तक यह पेड़ धरती में दबकर कोयला भी न हुए थे, तब भी अंधेरा होता था...अंधेरा और उजाला एक ही चीज़ के तो दो पहलू हैं। सूरज में कभी अंधेरा नहीं होता...

एक चीज़ जब दूसरी से मिलती है, तब समय का जन्म होता है, समय अपने-आपमें कुछ है ही नहीं।

अब कितना समय हो गया होगा?

शाम को खाने को क्या है?

हवा है?

कुछ कन्द या जड़ी-बूटी मिल जाती!

लेकिन यहां तो कांटेदार तार हैं...

पहले तो आराम से चोरी करने का मौका था...

क्या मज़े में मारमाइट के टिन उड़ाए थे...

इस्साले! ढूंढ़ते थे!

मैं भी धरती में गाड़ के बैठा रहता था उसपर। गए और खाए...

लेकिन चोरी तो बुरी बात है न...

सब कहते हैं...

यहां तक कि पेंग्विन जैसा पक्षी भी चोरी करते में पकड़ा जाता है तो दूसरे पक्षी के सामने आंखें नीची करके झेंप जाता है...

पर चोरी भी तो कितनी ही तरह की है...

एक है अपहरण...डकैती...जो अपना नहीं है, उसे छीनना, क्योंकि मुझमें बल अधिक है और तू इसे अपने पास रख सके वह बल तुझमें नहीं है, अतः मेरी तृष्णा जायज़ है, और वह राजा है... साम्राज्य...

एक हैं लूट...न्याय के आडंबर में निकलवा लेना, धर्म के, या जात के या सेक्स के, या किसी भी वस्तु के छदम में निकलवाना...यह है कि उस्तादी, अक्लमन्दी का नाजायज़ फायदा...

पर यह भी चोरी है? कि मुझे भी ज़िन्दा रहने की चाह है, जीने दो मुझे...मुझे बेकार मत मारो, मेरी बेकसी का इतना फायदा न उठाओ... कि—तुम नहीं मानते तो लो मैं तुम्हारे कदमों में पड़ा हूं... उठा हुआ हाथ दो...अब यह जो मेरी देह है, इसके अणुओं को इकट्ठा रहने दो... इन्हें अलग-अलग मत करो...मुझमें एक चेतन है, वह कैसा भी हो...पर इन अणुओं के अलग-अलग होने की बात से उसे डर लगता है, क्योंकि उसे इस अणु-संगठन से बड़ा प्यार हो गया है...पर तुम नहीं मानते... तुम ऐसा जूता पहने हो जो सिर्फ कुचलता है, पर मैं कीड़ा नहीं हूं, मुझमें बगावत का माद्दा है। जानते हो बगावत क्या है? बगावत हमेशा लुटे हुए की चुनौती है कि मुझे कमज़ोर मत समझ। बगावत एक बुद्धिमान व्यक्ति की वह बात है जो अपने से बड़े और ताकतवर लगने वाले हमलावर को ऐसा बेवकूफ बना देती है, कि वह अपने बचाव की तरफ लगता है और इस तरह उसका फैलाव अन्त में संकोचन में बदल जाता है, बगावत की इस बुद्धिमत्ता के कई पहलू हैं। वह नेता की जीभ पर भाषण बनती है, और औसत आदमी इंकलाब न कहकर ज़िन्दाबाद चिल्लाया करता है... और इसीमें है यह चोरी...

हिस्ट...

कैसी चोरी...

पर इन जापानियों में इतना गर्व क्यों है?

गर्व घृणा बन जाता है!

यूरोप के अहंकार का बदला है यह? साम्राज्य को साम्राज्य काटता है!!!

साम्राज्य की तृष्णा में आदमी आदमी क्यों नहीं रहता? शक्ति मिलने पर आदमी कुचलता क्यों है?

लेकिन यह जापानी क्या सदा ऐसे ही कुचलेंगे?

भारत तो एशिया का है, फिर भारतियों से इन्हें घृणा क्यों है...

नेताजी ने आज़ाद हिन्द फौज बनाई है...

देश-भक्तों की सेना है...

पर जापान की एड़ी के नीचे यह देश-भक्ति...

अरे मरने दो सालों को...

कैसा घेरा लग गया है...

चलो एक बात है...

इन तारों में...कंटीले तारों के घेरे में मैं चैन से सो सकता हूं...

यहां कोई दरिन्दा जानवर नहीं आ सकता, लेकिन मैं स्वयं ऐसा बन्द हूं जैसे पिंजड़े में कोई दरिन्दा रखा जाता है, अधपेट...

क्या सर्कस के शेर को भी मुझ जैसा हो महसूस हुआ करता होगा...

यही क्रोध...

यही विंक्षोभ...

'कौन है वहां!!'

'बोलते क्यों नहीं?'

'अरे बोलो!'

'चोरों की तरह क्यों खड़े हो!'

'चोर!!! चोर!!!!'

कोई नहीं।

मेरा पुकारना शायद किसीको सुनाई नहीं देता।

फिर कोई आवाज़ देता है जापानी में।

फिर पेड़ों के पीछे दो आदमी टूटी-फूटी अंग्रेज़ी में बातें करते हैं—

'वही है इंडियन।'

'चिल्लाता क्यों है?'

'अकेला है। घबराने लगा है...'

'पहले ही दिन?'

'वह हंसता है, ठीक हो जाएगा!'

'कितने दिन की सज़ा है?'

'अट्ठाईस दिन!'

'तब तो पागल हो जाएगा!

दोनों हंसते हैं।

बड़ा क्रूर हास्य है!

यह नई बर्बरता है।

मुझे क्रोध आ रहा है!

किसपर!

अपने पर?

दोष किसका है?

मेरा!

क्यों?

यहां चोर है ही कौन? हो ही कौन सकता है!

फिर हो भी तो, मै तो चौकीदार नहीं।

मुझे चिल्लाने की ज़रूरत ही क्या थी!

मैं क्यों चिल्लाया था।

वह कहता था—घबरा गया हूं!

घबरा गया हूं? क्या सचमुच मैं घबरा गया हूं?

पर मुझे तो ऐसा नहीं लगता!

उसने कहा था कि मैं पागल हो जाऊंगा...

पागल...

ह ह ह ह ह...पागल...और मैं...क्योंकि यहां कोई बात करने वाला नहीं है...

मुझे किसीकी क्या ज़रूरत है...मैं जब बात करना चाहूंगा तब मुझे बात करने वालों की क्या कमी है...मैं इस पेड़ से ही बात कर लूंगा। इस धरती से बोलूंगा...

माता धरती...

तू जो हमें धारण करती है...

तू बड़ी बुरी है...

भला हमें धारण क्यों करती है...

हममें ऐसे क्या सुर्खाब के पर लगे हुए हैं...

और सचमुच क्या ज़रूरत है हमारी...हम न हों तो...

तो कोई बात नहीं...

लेकिन साला कहता था कि मैं पागल हो जाऊंगा। साले पागल बना दूंगा सबको...सूअर के बच्चो! देखते रह जाओगे...कमीनो... तुम समझते हो मेरी अक्ल बिगड़ जाएगी इससे। अरे तुमने अभी देखा क्या है?

मै पेड़ों से बातें कर लूंगा पर तुमसे नहीं करूंगा...

पेड़ों से बातें करने का मज़ा तो तब है जब उन्हींकी बोली में बात की जाए...

क्यों? डॉक्टर जगदीशचन्द्र बोस ने प्रमाणित किया है कि पेड़ में जान होती है...वह सांस लेता है...तो क्या काटे जाने पर उसे दर्द भी होता होगा...तो क्या वह बोलता भी है...

ज़रूर बोलता है...

सर...सर्रर...सर्रर्रर्रर्र...

निरर्थक ध्वनि...

शब्द कहां बना...

शब्द!

तब बनता है जब ध्वनि में अर्थ मिलता है। अर्थ से मस्तिष्क में चित्र बनता है...

कब...

जब मनुष्य से मनुष्य मिलता है...

अन्यथा वह रहता है...जैसे मैं हूं...

क्या मैं अकेला हूं...

मुझमें वह तो है.. जिसे जुंग कहता था—कलैक्टिव कॉनशसनेस —सामूहिक चेतना। वह जब जाग उठती है और मनुष्य अंतर्मुखी हो जाता है...और उसे किसीकी सहायता की आवश्यकता नहीं होती...

वह दुख जिसे व्यक्ति स्वयं स्वीकार कर लेता है, मनुष्य की असीम शक्ति बन जाता है। सहनशीलता की वह सीमा बन जाता है जब दुःख के समुद्र में सत्य बूंद-बूंद बनकर समा जाता है, जहां वह दुःख में अपने सुखों का विसर्जन कर देता है, वही है मनुष्य का संयम, तब वह घृणा का कारण रहते हुए भी घृणा नहीं करता, जब वह अपने व्यक्तित्व में ऐसी करुणा पाता है कि अत्याचारी पर दया करता है और हिंसा का उत्तर हिंसा से नहीं देता, जैसा था ईसा...उपवास और प्रार्थना...एकांत, मौन और चिंतन...उसने मनुष्य को कोई नई शक्ति दी थी...

मैं कहता हूं...

सुनो!

ओ अंधरे में गायब हो जाने बालो! सुनो!

मैं नहीं हारूंगा...

तुम मुझे इस तरह नहीं मार सकते...

दूर से आवाज़ आती है, कठोर—चुप रह सूअर के बच्चे, वर्ना गोली मार दूंगा...

मार दे गोली, मैं नहीं डरता...

पर कोई कहता है वही—जवाब मत देना। इतनी देर की उसकी खामोशी की तड़पन बेकार हो जाएगी। अगर उसके कानों में भी इन्सान की आवाज़ दूर से पड़ती रहेगी तब भी वह अपने को अकेला महसूस नहीं करेगा, उसकी बात मत सुनो, उसे जवाब न दो...

आवाज़ खत्म हो गई है...

तो यह है रहस्य...

मनुष्य की वाणी की इतनी शक्ति है...अत्याचारी जानता सब है...

अगर उसके कानों में भी इन्सान की आवाज़ दूर से पड़ती रहेगी, तब भी वह अपने को अकेला महसूस नहीं करेगा...

अकेला महसूस नहीं करेगा...

अकेलापन...

अकेलापन...

हिश!

मैं कभी अकेला नहीं रह सकता...

वह कीट्स की कविता क्या है...

तू हमेशा दौड़ता रहेगा और वह हमेशा खबसूरत लगती रहेगी...

शाश्वत सौन्दर्य...

तो क्या मैं लड़ाई का कैदी नहीं हूं?

यह नई तरह की यातना, मेरे व्यक्ति को, दी जा रही है, यह किसलिए?

क्या है मेरा अपराध...

मैं सोचना नहीं चाहता...

मैं सोचना नहीं चाहता...

यह कंटीले तार मुझे नहीं रोक सकते...
मैं इनमें से निकल जाऊंगा...

उफ! गचक गया कांटा...
तो मांस का दर्द भी एक अलग दर्द है! नहीं।
मैं बाहर नहीं जाऊंगा...
बाहर ही मुझे क्या मिल जाएगा...
वे मुझे फिर पकड़कर बन्द कर देंगे...
क्या कहा था गालिब ने...
मैं गा रहा हूं...
पहले आती थी हाले-दिल पै हंसी
अब किसी बात पर नहीं आती...
गीत बढ़ता जा रहा है...
प्यास लग रही है, प्यास से गला चटक रहा है।
मेरा मग कहां है?
कितना गहरा स्याह अंधेरा है...
यह रहा, यह रहा...
पानी! अरे वाह रे पानी!
यार पानी। तू न होता तो कसम से ज़िंदगी न रहती!
पानी बड़ी अच्छी चीज़ है...
क्या लिखा है बायरन ने...
रौल ऑन, रोल ऑन...
गरजता रह भीम समुद्र और उमड़, प्रचण्ड, निर्घोष के साथ...
विजन में भर दे अपना हाहाकार...

शून्य में तेरी हिलोरों के थपेड़े गूंजते रहें...

निकल आए हैं तारे...

कितने प्यारे हैं...

कमबख़्त दूर हैं न,तभी अच्छे लगते हैं।

कौन जानता है इनपर कितनी सृष्टियां हैं, और कौन जानता है, वहां भी सृष्टि का अर्थ है, वेदना, पीड़ा, दुःख और यातना...एक ही के अनेक पर्याय, क्योंकि दुःख हो गया है असीम...उसका कहीं अन्त नहीं लगता, वह निरन्तर बढ़ता जा रहा है...

वह कब तक बढ़ता रहेगा...

इसी तरह चलता रहेगा...

रनवीर! दो दिन बीत गए हैं।

नहीं, तीन दिन।

यह कोई तरीका नहीं है। तब क्या करूं?

कौन?

मत्सुओका!

क्रीज़ कैसी खड़ी है उसकी वर्दी में। उसके चेहरे पर कैसा मत्त भाव है। वह देख रहा है मुझे दूर से। जैसे कोई शिकार का जन्तु हूं। वह जैसे मुझे मनुष्य नहीं समझता। कैसी विचित्र तृप्ति है उसके मुख पर। हिंसा कैसी स्थिर हो गई है उसकी आंखों में।

उसे देखकर जापानी सोलजर सैलूट देते हैं। उत्तर देता है, वह सिर हिलाकर।

मेरी ओर क्या देख रहा है वह इतनी गौर से?

सोचता होगा कि इसका क्या हाल है?

अगर यह आकर मुझसे बोल ले तो।

नहीं बोलेगा!

तो क्या अब जीवन-भर न मुझसे कोई बोलेगा, न मैं किसीकी बात सुन सकूंगा?

इसे क्यों न चिढ़ाऊं?

मैं अंग्रेज़ी में चिल्लाता हूं: ओ कुत्ते! इधर आ!

लेकिन उसे क्रोध नहीं आता।

मुस्करा रहा है।

कोई बढ़ना चाहता है, उसे वह हाथ के इशारे से रोक देता है।

फिर कोई नहीं बोलता।

मैं चिल्लाता हूं आओ! मुझे मार डालो। तुम मुझे समझते क्या हो? तुम मुझे मार डालना चाहते हो, तो फिर एक ही बार में गला क्यों नहीं काट देते?

यह क्या मेरा ही स्वर है!!

क्या यह विकृत स्वर मेरा ही है?

नहीं, यह मैं नहीं हो सकता।

पर वे लोग मुस्करा रहे हैं।

मैं पिंजड़े में बन्द एक जानवर हूं और वे मुझे देख रहे हैं। बोलता कोई नहीं है।

मैं तारों पर झपट पड़ा हूं...

चिल्ला रहा हूं...

मैं मर जाऊंगा, तुम मुझे तड़पा-तड़पाकर देखते रहो, यह मैं नहीं सह सकता...नहीं सह सकता...

पर वे नहीं बोलते...

कांटे गड़ते हैं...

और मैं भयानक आर्तनाद करके कहता हूं—गड़ जाओ, गड़ जाओ, मेरे शरीर में...

यह दुःख अच्छा है...
अच्छी है यह वेदना...
साकार तो है यह...
पर यह खामोशी...
मत्सुओका नहीं सुन रहा है, नहीं सुन रहा है...
केवल देख रहा है...
मैं भयाक्रान्त-सा पीछे हटकर गिर पड़ा हूं...
'मुझे यहां से निकाल लो...निकाल लो...'
पर वे सब चले गए हैं...
तारे भांय-भांय करते निकल आए हैं...
अंधेरा मुझे खाए जा रहा है...
'ओ तारो तुम गिर पड़ो...'
और अंधेरे! तू मुझे पी जा...'
मेरा मांस दर्द कर रहा है...
यह दर्द कितना अच्छा है...

सूरज निकल आया है...
कितना उजाला है...
सूर्य...उजाला...
क्या मैं पशु हूं...
जापानी सिपाही खाना लाया है...
मैं खड़ा हूं...
उसका हाथ भीतर घुसता है...

मैं पकड़ लेता हूं, वह कुढ़ता है...मैं चिल्लाता हूं, बर्बर...जंगली .... भेड़िये...

वह ज़ोर लगा रहा है...मैं उसे काट खाता हूं...एक संगीन मेरी जांघ

में घुसती है...

मैं गिरता हूं...

'एक बार एक शब्द तो बोल जा कसाई...

'ओ जल्लाद...एक बार एक गाली तो दे जा...

पर नहीं...

वह चला गया है...

खून बह रहा है...

लाल खून...

मैं तड़प रहा हूं...

आज खाना भी नहीं है...

पानी...गंदला पानी...

उफ! गला चटक रहा है...

उठा नहीं जाता...

'पानी!!! पानी!!!!...'

कोई नहीं सुनता...

एक सिपाही बढ़ता है...

देखता है, फिर लौट जाता है...

फिर आ जाती है अंधेरी...

मैं अपने बाल नोच रहा हूं...

चिल्ला रहा हूं...

लेकिन उत्तर कोई नहीं देता...

आज तो हवा भी नहीं बोलती...

फिर आया है मत्सुओका...

आज कितने दिन हो गए हैं...

मुझे याद नहीं है...

क्यों आया है तू कमीने, मुझे इसी तरह घुट-घुटकर मर जाने दे।

मैं उससे उलझा हूं...

पीछे आहट सुनाई देती है...

सिपाही चुपचाप खाना रख गया है...

भूख लग रही है मुझे...

मैं खा रहा हूं...

वे मुझे देख रहे हैं...

मत्सुओका मुस्कराता है...

मैं खाकर उठता हूं...

वह मेरी ओर कुछ फेंकता है...

चाकलेट!!!

मैं उसे उठाकर हर्ष से खोलता हूं...

पत्थर का घिसा टुकड़ा...

जितनी शक्ति है उससे उसे मैं उसीपर फेंकता हूं...

पर तारों में वह उलझकर गिर जाता है...

मैं उसे चिल्ला-चिल्लाकर गालियां देता हूं...

और वह मुस्कराकर चला गया है...

मैं धरती पर पड़ा छटपटा रहा हूं...

कितने दिन बीत गए हैं...

यह सब कितना शून्य है...

इस दुनिया में एक आसमान है, वह सूना है, एक धरती है, वह एक कैदखाना है...

इस धरती और आसमान के बीच में मैं चिल्ला रहा हूं—ज़िन्दगी एक बेवकूफ की पुकार है...

लेकिन कोई नहीं बोलता...

नहीं जानता, कितने दिन-रात बीत गए हैं, कितने और बाकी हैं। ऐसा लग रहा है जैसे किसी पहाड़ के नीचे दबा पड़ा हूं...

धाव फिर फट गया है...निकल आया है खून...

'डॉक्टर!'मैं चिल्ला रहा हूं, 'मेरा घाव पक गया है, मेरे घाव में बड़ा दर्द हो रहा है, मेरा घाव सड़ गया है, मुझे डॉक्टर को दिखाओ...'

देखता हूं...

लेकिन कोई नहीं आ रहा है...

यह शायद हाथ काट खाने की सज़ा है...

मवाद अब चपका चला रहा है...मुझे घाव में से बदबू आ रही है... देही तप रही है...

'डॉक्टर! अच्छा हो जाएगा यह?'

कोई उत्तर नहीं।

'देखो डॉक्टर! रानों में कैसी गिल्टी उछल आई है!'

कोई उत्तर नहीं।

'डाक्टर! इसमें सुई लगाओगे, मेरे दर्द तो न होगा? देखो मैं बहुत कमज़ोर हो गया हूं, डॉक्टर! मेरे केस को रिकमैण्ड करो ज़रा...मुट्ठी-भर भात से क्या होता है डॉक्टर! मां तो मुझे बहुत खिलाती थी...'

कोई उत्तर नहीं...

अब सूरज भी डूब गया है..

फिर छा गया है वही अंधेरा। हवा नहीं है यह, यह किसी बहुत काले और भयानक घाव में मवाद के चपके की थप-थप सुनाई दे रही है... और इस मरीज़ की तकलीफ को भी कोई जवाब नहीं देता। यह सूना आसमान...बियाबान, यह बादल रेत के बगूले हैं, यह विस्तार है, एक कठोर दुर्दमनीय विजय मरुभूमि-सा, अपने ही हाहाकार में विक्षुब्धा पागल-सा...नोच रहे हैं ये पेड़ अपने बाल...

'मुझे बचाओ...मैं मर रहा हूं...सचमुच मैं झूठ नहीं बोलता...मेरे बड़ा दर्द हो रहा है...'

कराह मेरे पास लौट आई है...

'हे भगवान! मैंने बहुत पाप किए हैं...क्या मैंने पहले जन्म में किसीको इसी तरह तड़पा-तड़पाकर मारा था...क्या इसी तरह मैंने भी उसे कहीं विजन में बन्द कर दिया था...क्या वह भी अनजान-सा हांफ-हांफकर, कराह कराहकर मर गया था...उसको भी चील और गिद्ध चोंच मार-मारकर खा गए थे...मेरी रक्षा करो भगवान...अब कभी पाप नहीं करूंगा...अब कभी झूठ नहीं बोलूंगा...

'अरे मुझे बचाओ...मेरी जांघ दर्द से फटी जा रही है...आह... अरे कोई पानी पिला दो...'

कोई उत्तर नहीं...

यह क्या है...

पत्थर...

मैं पत्थर चाट रहा हूं...

पर क्या पत्थर से भी पानी निकलता है...

पत्थर से भी कभी प्यास बुझती है...

'मुझसे उठा नहीं जाता...मुझे उठाओ! मुझे दो घूंट पानी तो पिला दो...

'वृक्ष नहीं बोलते! कोई नहीं बोलता! इतनी बेदर्द है यह दुनिया!

'मां! तेरा बेटा यहां अकेला तड़प रहा है मां! उसे पानी पिलाने को भी कोई नहीं है...मां! पानी पिला दे मां...धीरे मां! धीरे! जांघ में बड़ा दर्द है...जल्दी चली जा मां...कहीं वे तुझे न पकड़ लें...मां, वे दरिंदे हैं...वे तेरे प्यार की इज़्ज़त नहीं करेंगे मां...बहुत दूर...पहाड़ों, नदियों, जंगलों, और समुद्रों को पार करके आई है न मां! इस तीनों लोकों के विराट आडम्बर में मेरे लिए सिवाय तेरी आंखों के कहीं भी आंसू नहीं हैं मां! मां! प्यास लग रही है...

'मां! देख! जिसे तूने अपनी छाती का दूध पिलाया था वह आज घायल कराहता हुआ पत्थर चाट-चाटकर दम तोड़ रहा है....और

किसीको भी उसकी मौत की चिन्ता नहीं है...नहीं है यहां...नहीं है यहां... अरे वही अंधेरा है...

'अरे मैं मर रहा हूं, कोई तो आओ। एक बार इस मरते हुए की बात तो सुन जाओ। मां से कहना कि उसका बबुआ चला गया है... सदा के लिए चला गया है...वह क्यों बैठी रहे दरवाज़े की ओर आंखें लगाए...वह तो कभी नहीं आएगा...उसकी हड्डियां किसी अनजान कठोर धरती पर सदा के लिए छितर जाएंगी और शायद उन्हें कुत्ते छिछोड़-छिछोड़कर फेंक जाएंगे...

'मां! यह सिर है न! यह भी सिर्फ हड्डी बन जाएगा—गोल...गोल ...और इस देह का मूल्य ही क्या है...कुछ नहीं, मौत...मौत आ रही है... अरे दर्द! रुक जा! मां से आखिरी बार तो मिल लेने दे! वह मेरी जननी है...उसीने मुझे यह आकार दिया है...मेरी मां...वही है वह ममता का समुद्र जिसने मुझे दुलरा-दुलराकर बड़ा किया है....क्या इसीलिए कि यह पत्थर चाट-चाटकर उसका बेटा यहां एकान्त में तड़प-तड़पकर मर जाए...

'छोटे...तेरे भैया को क्या हो गया...

'नीलम...आ, मेरे पास आ बच्चे...तू हंसता रह...और मैं मरते में डरूंगा नहीं बच्चे...

'आ मेरी बच्ची सुषमा...अपनी प्यारी-प्यारी आंखों से टुमटुमाती मेरी तरफ देखती रह...मुस्कराती रह मेरी लाड़ली...भैया...हूं...तेरा बड़ा भैया...मेरी दुधमुंही...बड़ी होइयो, तेरा ब्याह हो...तू दुल्हन बने...पर वह सब देखने तेरा भैया तो नहीं रहेगा मेरी राजरानी बिटिया...किसी दिन याद करेगी कि वह एक बियाबान जंगल में पत्थर चाट-चाटकर मर गया था...उसकी बात का जवाब देनेवाला तक कोई न था...वह चिल्लता था, लेकिन हवा तक उसकी बैरिन हो गई थी...

'अम्मा मैं जा रहा हूं...मैं अब जा रहा हूं,जहां पिताजी गए थे...

'तो क्या यह खबर सुनकर तुम फिर बुक्काफाड़-फाड़कर रोओगी...

'मत रोना मां...

'जीवन का मोल ही क्या है ...

'हम तो जानवर हैं ...

'जानवर के लिए भी कोई रोता है...'

अरे मुझे कोई पानी पिला दो...मुझसे उठा नहीं जाता...

अंधेरा कितना गहरा हो गया है। इस अंधेरे में मुझे कुछ भी नही दिखाई देता।

अम्मा! तुम बिस्तर बिछाती थीं और मैं सोता था, पर यहां उन्होंने मुझे नंगी धरती पर पटक रखा है, कंकड़ चुभ रहे हैं। ...

उनके क्या हृदय नहीं है सचमुच...या उनके मां नहीं है? मां ही नहीं होगी...नहीं तो वे इतने निर्दयी कैसे हो सकते थे...एक बार भी मुड़कर नहीं देखते...एक मां का दुलारा इस तरह दर्द से चिल्ला रहा है, पर कोई भी झांककर नहीं देखता...

क्या मैं जाग रहा हूं, या सो रहा हूं मैं...

तू कौन है? अरे छोटे! यह कहां लगा लाया तू! अरे कपड़े बदल डाल!

भैया, मुझे मारा है लिली ने...

अच्छा! लिली ने मारा है, मारेंगे उसे...कीचड़ लगा लाया है... जा धो ले भैया...

भैया, मैंने उसके मुंह पर कीचड़ मल दी खूब...

फिर बड़ी-बड़ी आंखें...

सब ठठाकर हंसते हैं...

मां कहती है—बबुआ! तू भी बड़ा शैतान था, ऐसा ही...तुझे तो मैं

जानती हूं...

'ओहो...'ताली बजा रहा है छोटे—'भैया भी बड़े ऊधमी थे...'

'चल पापी! हाथ-मुंह धो!' मां स्नेह से डांटती है—'बड़े भैया का अदब नहीं करता...'

रनवीर हंसता है...

और यह कौन हंस रहा है ...

चारों तरफ धूल छा रही है, धुआं उठ रहा है...अंग्रेज़ है रॉबर्ट... सारी चमड़ी इसकी जल गई है पर हंस रहा है...क्योंकि पागल हो गया है अन्तिम क्षण में, वेदना की अति से...सिंगापुर में हाहाकार मच रहा है...

एडजूटेण्ट आंखें फिरा लेता है...

शायद उसकी आंखों में आंसू आ गए हैं...

'हाल्ट!!' कठोर स्वर सुनाई दे रहा है...

कौन होगा यह?

उठकर देखूं...

पर उठा तो नहीं जाता...

'मां! प्यास लग रही हैं...पानी...पानी...अरे कोई मुझे पानी पिला दो, खून में धड़कते हुए दिल की तुम्हें सौगन्ध है इन्सान के बेटो...अपने जैसी ही एक लहु और मांस की एक देह को ज़रा पानी पिला दो...मैं भारतीय नहीं हूं, मैं जापानी नहीं हूं,...मैं कोई नहीं हूं...तुम चाहो तो मेरा नाम मुझसे छीन...लो मुझे कपड़े उतारकर देखो...मेरे दिल को देखो... मैं भी तुम्हारा ही जैसा एक इन्सान हूं...अम्मा! आदमी आदमी को क्यों नहीं चाहता! कौन बना देता है उसे इतना पत्थर कि उसमें करुणा नहीं जागती...'

दृश्य बदल गया है...

चारों ओर घना जंगल है। कहीं सांप रेंग रहा है, कहीं कोई विचित्र-सा कीड़ा दिखाई दे रहा है...

रनवीर उसे कुचलता है...क्योंकि वह उसे काट लेना चाहता है... इसी

वन में सोना है...सांय-सांय...सांय-सांय...पत्ता भी खड़कता है तो लगता है कि आसमान टूटा आ रहा है।

अंधेरे में ही भयानक स्वर से बन्दूकें धांय-धांय करती हैं।

कभी-कभी कोई चीत्कार अपनी मुट्ठी में सारे सन्नाटे को भींचकर निचोड़ने लगता है...तब लगता है सारा जंगल घुट रहा है...

धरती पर लोहू है, लाशें पड़ी हैं...

उन लाशों पर गिद्ध बैठे हैं...

गिद्ध ने मुर्दा सैनिक का दिल खा लिया है...

लेकिन अभी तक फटी कमीज़ से एक चिट्ठी झांक रही है।

रनवीर देखता है...

उसकी पत्नी की प्यार-भरी चिट्ठी है...

रनवीर! गिद्ध प्रेम-पत्र नहीं पढ़ता...

उसने तो पढ़ने वाले का हृदय ही कुतर-कुतरकर खा लिया है...

कब तक बैठी रहेगी इसकी पत्नी, इस पत्र का उत्तर पाने के लिए... आसमांन की सी आंख जैसे भोर और सांझ-सी फैला देगी अपनी दोनों पलकें, और काल के शून्य में बैठी रहेगी वह प्यार की प्रतीक्षा में...

मां! वह मेरी लाश नहीं है...

मैं तो अभी चल रहा हूं मां! तुम्हारा रनवीर तो ज़िन्दा है।

मां! मैं किसीको नहीं मारना चाहता, पर जिन्दा रहने के लिए मारना पड़ता है। मां! तुम स्त्रियां अच्छी नहीं होतीं। अच्छी होतीं तो तुम्हारे सब ही बेटे अच्छे क्यों न होते! वे आपस में इस तरह लड़ते ही क्यों...

सुषमा! क्या बात है?

मुझे।

हां बोल, तुझे?

मुझे लेल ताइए (रेल चाहिए)।

'अच्छा हमारी सुषमा रेल का क्या करेगी!'

'हम थवाली-थवाली खेलेंगे थवाली-थवाली...

ऊपल थाली, नीचे थाली...

बीच में बैथा मदाली...'

मां कहती है : अरी रहने दे! भैया को पढ़ने दे। तू यहां आ! मैं तुझे एक चीज़ दूंगी।

ना मैं तो भैया के पाछ लहूंगी।

अब सुषमा भैया की गोदी में बैठी है और वह पढ़ रहा है और वह गोद में सो गई है...

मां देखती है, कितनी प्रसन्न है...कितनी तृप्त...

कहती है—जब तेरा ब्याह हो जाएगा रनवीर तब...

मां!!

कहां हो मां!

देखो! रनवीर का कैसा ब्याह हो रहा है!

अरे मेरी जांघ फटी जा रही है...

अरे कोई मेरी बात तो सुनो...

इन समुद्रों को तुम ले लो, मुझे तो एक घूंट पानी पिला दो...

सुनो! मैं और कोई नहीं...तुम्हारा भाई हूं...

तुम मुझे एक बार ध्यान से तो देखो...

कितना अंधेरा छा रहा है...

जापानी प्रहरी के बूट कितनी दूर पर भी बज रहे हैं...धरती से कान

लगाकर सुनने से कितनी दूर की आवाज़ सुनाई दे रही है...

विकराल बन्धन...

हृदयहीन...पिशाच की सी कठोरता...

वज्र का सा सन्नाटा छाया हुआ है।

कहीं घण्टा बज रहा है...

शायद सिपाहियों की ड्यूटी बदल रही है।

घण्टों की आवाज़ फैलती जा रही है, फैलती जा रही है...मौत की सी खामोश है फिज़ा...

मैं सूखे होंठों पर जीभ फिरा रहा हूं...

एक अज्ञात जय से मेरे रोंगटे खड़े हो गए हैं...

मैं कहां आया हूं...

यह कौन पड़ा है...

अरे यह तो मेरा ही शव है...

तो क्या मैं मर गया हूं...

यह लो यह गिद्ध आ गया है...

गिद्ध! तू कहां से आया है?

मैं धरती के इस छोर से उस छोर तक उड़ता आया हूं।

तो क्या तुझे यहां के सिवाय और कहीं भी लाश नहीं दिखी?

गिद्ध हंसता है।

कहता है—लाश! सारी दुनिया पर लाशें पड़ी हैं। इतनी लाशें कि हवा उस सड़ांध से घबराकर इधर-उधर भटक रही है। मेरा पेट भर गया है। मुझे इंसान का मुर्दा खाने में मज़ा नहीं आता अब।

तो क्या तू मुझे नहीं खाएगा?

सिर्फ थोड़ा-सा दिल कुतरकर खाऊंगा।

दिल ही क्यों?

इसलिए कि इंसान के इस दिल में ही मुहब्बत होती है और उस मुहब्बत की वजह से ही यह मुझसे नफरत करता है। अब मेरा वक्त आया है तो

मैं जितने दिल कुतर सकूंगा, कुतर डालूंगा, ताकि फिर इंसान मुहब्बत का दावा नहीं करेगा और फिर मुझ जैसे ही इंसान इस धरती पर शासन करेंगे...

गिद्ध! तू कब पनपता है?

जब इन्सान, धन के लोभ में, अपने भाई की हत्या करने को न्याय के आडम्बर में ढंकता है। जब औरतों की पाक इज़्ज़त को—मां की पाक इज़्ज़त को वह दरिंदे की तरह फाड़ खाना चाहता है. जब बच्चों का कत्ल करने में वह गुनाह नहीं समझता, जब अधिकार कीप्यास बड़े-बड़े शब्दों की आड़ लेती है, तब मेरा ही शासन होता है।

गिद्ध! तू कब मरेगा?

मैं क्यों मरूंगा? जब तक दुनिया से आदमी अपनी युगसीमा में जन्मे किसी विशेष बिचार को असहिष्णुता से पकड़कर दूसरे आदमियों को गाली देगा, तब तक मैं हमेशा ज़िन्दा रहूंगा और कला और विज्ञान को हड्डियों की जूठन फेंकता रहूंगा।

अब मेरे पंख निकल आए हैं और मै उड़ रहा हूं। बहुत दूर तक उड़ता चला जा रहा हूं।

ऊपर से देखता हूं समुद्र लहू के हो गए हैं और गर्मी से खौल रहे हैं... धरती ज्वालामुखियो की तरह अंगारे उगल रही है और आकाश में सूरज निकल आया है लेकिन वह काला है...उसमें से उजाला नहीं निकलता—मेरे चारों तरफ हवाई जहाज़ चिंघाड़ते फिर रहे हैं...मेरे कान फटे जा रहे हैं...नदियां उनके कठोर शब्द से रुक गई हैं क्योंकि वे शब्द भस्म के पहाड़ बनकर गिर रहे हैं...

मैं आगे बढ़ गया हूं...

मां पुकारती फिर रही है—मेरा बेटा मुझे लौटा दो, मेरा बेटा मुझे दे दो, मैं उसे बहुत अच्छा आदमी बनाना चाहती थी...मैंने बड़े जतन से उसे पेट में रखकर बड़े-बड़े मीठे सुपने देखे थे...

लेकिन अब तेरा बेटा कहां है...

किसी धरती के टुकड़े पर उसके खून के कतरे मवाद बनकर सड़ गए

हैं और उसकी लोथ पड़ी है। अरी मेरी लाश! तू चिल्ला क्यों नहीं उठती कि मां! रनवीर यह रहा...यह रहा रनवीर...देख! तेरे लाड़ले को गिद्ध खाए जा रहे हैं, भागते सिपाहियों के बुट उसकी लोथ को ऐसे कुचलकर भागते चले जा रहे हैं जैसे वह सिर्फ कीचड़ का लौंदा था... और वह अब अपनी रक्षा नहीं कर सकता...तेरा बेटा मर गया है...

मैं चिल्लाकर कहता हूं, मां! मैं आ गया हूं...पर वह सुनती...

हजारों स्त्री-पुरुष चले आ रहे हैं। वह पागलों की भीड़ है। उसमें बच्चे भी हैं। बर्मीज़, जापानी, रूसी, इतालवी, अंग्रेज़, पैरैगुआवासी, अमरीकावासी, अमरीकी, एस्किमी, भारतीय, चीनी...और न जाने कहां-कहां के लोग हैं। वे सब आर्त स्वर से चिल्ला रहे हैं। मांएं बच्चों को फेंककर पुकारती हैं...रोटी दो... तब देखता हूं खेतों और खलिहानों से आग की लपटें उठ रही हैं...नंगी औरतें कटी छातियों से खून टपकाती रोती हैं...कपड़ा दो...तुम्हारी मां नंगी है। तुम्हारी बहन नंगी है...और मैं देखता हूं कि कारखानों की ईंटें बिखर-बिखरकर गिर रही हैं...भीड़ का सोग एक भयानक हाहाकार बनकर धकधका रहा है और एक विकराल राक्षस उसी गिद्ध पर बैठा नर-कपाल में रक्त पीता अट्टहास कर रहा है...और हज़ारों कंकाल नाच रहे हैं...

तभी मां आकर पुकारती है—अरे मेरे बच्चे भूख से तड़प-तड़पकर मर रहे हैं...अरे कोई भीख दे दो...अब कोई भीख दे दो...

मै भयानक स्वर से चिल्लाता हूं, मां! मैं आ रहा हूं...मैं आ रहा हूं...

मैं जाग गया हूं...

और न जाने क्यों असह्य यन्त्रणा से फूट-फूटकर रो रहा हूं मां... भिखारिन...अरे युद्ध! रुक जा रे सर्वनाश...छोटे, नीलम और सुषमा सड़क पर भिखमंगे हो गए हैं...

मैं बाल नोचकर बार-बार धरती पर सिर पटकता हूं...और रोना नहीं चाहता, पर मेरा रोना नहीं रुक पाता और फूट-फूटकर बार-बार रोता हूं...

मां! यह क्या सोच रहा हूं...

क्या यह मैंने सुपना देखा था...

कहां है वह क्रूर गिद्ध...

आ मेरे सामने आ रे राक्षस...आ मुझसे बात कर...मैं तुझे मार डालूंगा...

और वह फिर आ गया है...कहता है, मार डालेगा! हाहाहा...वह कठोरता से हंसता है...यही तो मुझे ज़िन्दा रखेगा...तू झूठ कहता है... मां की आंखें चमक रही हैं...वह हाथ उठाकर कहती है...तुझसे युद्ध पाप नहीं हैं नीच! तू अधिकार और धन की तृष्णा है...लोलुप...यह विद्रोह है।

मां की आंखें...

मुझे देखो मां...

किसे देखूं बेटा...

मुझे! मैं तुम्हारा बेटा हूं...

मेरे बेटे तो हजारों हैं,लाखों हैं; वे सब घायल-से छटपटा रहें है...

फिर धोर अंधेरा छा गया है...

कुछ भी तो दिखाई नहीं देता, जैसे अब न दिशा है, न आकाश ही। कुछ भी नहीं है...

मां!

कोई नहीं है...

मुझे फिर याद आ रहा है।

तू कौन है?

मुझे नहीं पहचानते?

नहीं!

वहीं हूं जिसे तुमने ज़िन्दा गाड़ दिया था। याद है? मैं बड़ी देर में

भीतर घुट-घुटकर मरा था रनवीर! वह यातना अभी तक मुझे छोड़ नहीं पाई है।

घुट-घुटकर...घुट-घुटकर...

और तुम कौन हो...

वही हूं जिसकी अन्तड़ियां बाहर गिर गई थीं और मरा नहीं था...तब पिस्तौल की गोली ने...याद आया...! हमारे साथ चलो...

कहां चलना होगा...

मुर्दों की दुनिया में जहां ज़िंदगी नहीं है...

लेकिन मुझे तो ज़िंदगी से प्यार है...

ज़िन्दगी से प्यार है!!!

एक क्रूर हंसी, पतले स्वर की। स्त्री है नंगी...उसकी जांघों के बीच बहुत बड़ा घाव है...पेट कटा है। गले में उसका गर्भ का बच्चा टंगा है... वह हंस रही है। ज़िन्दगी से प्यार है...

मैं फिर कांप उठता हूं...

पसीने से मेरा रोम-रोम भीग गया है...

मैं भयानक स्वर से चिल्लाता हूं...

दूर कहीं कुत्ता रोता है...

मेरा स्वर उस कुत्ते के रोने में ऐसा मिल गया है जैसे मैं भी कुत्ता बनकर रो रहा हूं...

और मैं नहीं जानता, क्या हो रहा है...मैं अब कहीं भी नहीं हूं।

भोर हो रही है।

ठंडी हवा से होती है थोड़ी-सी चेतना की थपथपाहट...

कितना थक गया हूं मैं...

पानी...

पानी मुझे कोई पिला दो।

अरे मुझे कोई पिला दो...

और मैं कहता हूं,मां! अब भी नहीं जाने देगी? कब तक रोकना चाहती है मुझे?

और मैं रोने लगता हूं...

आकाश में अनेक हवाई जहाज़ उड़ते चले जा रहे हैं। उनकी घर्र-घर्र से सब कुछ गूंज रहा है।

मैं चाहता हूं कि एक बम ही गिर पड़े।

पर वे जापानी जहाज़ हैं सब चले जाते हैं दूर निकल जाते हैं।

और मैं फिर कुत्ते की तरह हांफने लगता हूं।

हांफने लगता हूं।

सुबह एक उजाला है, शाम है एक अंधेरा और फिर इसके अतिरिक्त कुछ नहीं। सिर्फ दर्द है, तन का, मन का...रोम-रोम में ऐसा व्याप गया है... जैसे मुझे मौन के भीतर ऐसा सी दिया गया है जैसे मैं कोई ज़िन्दा लाश हूं...

मत्सुओका दूर घूम रहा है।

मैं उसे देख रहा हूं।

वह इधर ही आ रहा है...

मैं पड़ा हूं...

वह पास खड़ा है...तारों के उधर...

और कौन हैं वे लोग...

दो कैदी ही हैं...

मैं...उन्हें...पहचान नहीं पा रहा हूं...

एक तो अज़हर-सा लगता है...

दूसरे की मेरी तरफ पीठ है।

वे दोनों कुछ बोझा ढोकर ले जा रहे हैं...

मत्सुओका मुझे देखता है...

उसके मुख पर एक विचित्र भाव है...

मैं कुत्ते की तरह उल्टा होकर खिसक रहा हूं और घिघियाकर कह रहा हूं...मुझे...मुझे...

वह सुनने को रुका नहीं है...

चला गया है...

नहीं सुनेगा...

मेरी बात भी नहीं सुनेगा...

सचमुच वह चला गया है...

फिर वही सन्नाटा...

और मैं धरती पर सिर टेक देता हूं...

कोई नहीं सुनता...

मैं शायद हूं कि नहीं...

कहीं ऐसा तो नहीं कि मैं मर गया हूं और यह मेरी आत्मा की वेदना है। कहते हैं आत्मा औरों को नहीं दीखता...कहीं इसीलिए तो मत्सुओका को मैं नहीं दिखाई दिया...लेकिन फिर मेरा शरीर कहां गया...

वह तो यहीं पड़ा होना चाहिए...

और यह फोड़ा जो दर्द कर रहा है...

पता नहीं...

कुछ पता नहीं...

मैं कुछ नहीं जानता।

बूटों की आवाज़ आ रही है।

फिर तारों के पास जापानी ने खाना लाकर रख दिया है।

यह चला गया है....

पर वह जगह मुझसे दूर है। मैं कैसे पहुंचूं वहां...

मैं नहीं जा सकता...

पर खाना रखा है

और उस तरफ से कौन देख रहा है...

एक परिन्दा।

तू खाएगा इसे?

खा ले!

तू भूखा है?

खा ले...

लेकिन रनवीर...तू भी तो भूखा है।

लेकिन मुझसे तो उठा भी नहीं जाता...

परिंदा बढ़ रहा है...

हिश...हिश श श श...

परिंदा रुक जाता है...देख रहा है...मेरी ताकत...अगर मैं पहुंच सकता हूं तो वह खाना मेरा है। वर्ना...वही उसे खाएगा।

उठ रनवीर...भूखा मत रह। तू मर जाएगा। तू आत्मा नहीं है, आदमी है...अगर मर गया होता तो यह जापानी खाना किसके लिए रखकर जाता...

करोड़ों प्राणियों में इस समय यह भोजन मेरे लिए है रे पक्षी! इसे मैं खाऊंगा! तू किस अधिकार से खाने आया है इसे?

उड़। उड़ जा। दूर हट...

नहीं जाएगा...

ठहर जा...

अरे मर गया...मैं आह...

अरे मेरा पांव फटा जा रहा है।

कोई इस परिन्दे को तो उड़ा दो...यह मेरी दुनिया लूटने आ गया है हत्यारा...यह मेरी ज़िन्दगी छीने लेता है...

नहीं ले जाने दूंगा इसे मेरा जीवन...

यह मेरा है...इसे मैंने पाया है...सदियों की सुन्दरता ने इसे बनाया है... मैं इसे प्यार करता हूं...उतना ही जितना ओ परिन्दे! तू अपने को प्यार करता है...

असह्य पीड़ा में भी मैं रनवीर खिसक रहा हूं...

क्योंकि पीड़ा मृत्यु होने पर भी मेरे मन को नहीं जीत पा रही है। जीवन से जीवन जन्म लेता है, जीवन जीवन की ओर जाता है...

जीवन एक चेतना है और उसने अचेतन में से सिर उठाया है...

वह मुझमें है

जीवन।

कितना तीव्र है यह चाहना...

मैं आ गया हूं अपने गन्तव्य पर, मैं अपने लक्ष्य पर आ गया हूं... ओ पक्षी! अब तू कुछ नहीं कर सकता...

देखो! जीवन धारा है, परन्तु उस धारा में वह प्रत्येक भाग में भी अत्यन्त उत्कट है...

ठहर जा इसे खा लूं।

पक्षी! तू देखता मत रह।

ले यह दाने तू भी खा ले...

आ हम दोनों जीवित रहें...

खा रहा है बावले...

और दूं?

लेगा...

ले और ले...

मैं अधपेट ही था मेरे लाड़ले, पर मेरी इतनी भूख से अगर तेरा भी पेट भरता है तो ले हम-तुम बांटकर ही खा लें...

मैं फिर लेट गया हूं...

पक्षी! अब मेरे पास कुछ नहीं है...

देख! अब जब मैं मर जाऊंगा, और मेरे भीतर सांसें नहीं रहेंगी जब मेरी यह मशीन धड़कना बन्द कर देगी, जब यह सुनहले सपनों का संसार मेरे भीतर नष्ट हो जाएगा, तब तू अपने दोस्तों के साथ भले ही मुझे चुग लेना, लेकिन अभी नहीं...

अभी तो मैं जी रहा हूं...

पक्षी!

देख मेरे कितना दर्द हो रहा है!

तू सुनेगा दर्द की कहानी!

अरे! अभी से मत उड़। तेरे सिवा इस दुनिया में मरी कोई भी साथी नहीं है...

तू मेरा संदेसा ले जाएगा। कहेगा जाकर मेरे घर...वहां मां बैठी होगी। बांह उठाकर तुझे उसपर बिठा लेगी मां...

पक्षी! आ! मेरे पास आ जा!

मां से कहना! मां तूने रनवीर को जो दिया है, उसे रनवीर ने बहुत प्यार किया है। उसने इसीलिए कभी अन्याय नहीं किया, क्योंकि अन्याय से सुन्दरता बिगड़ जाती है। अन्याय और अत्याचार मनुष्य की कुरूपता है जो मनुष्य को विकृत बनाती है...

उफ! कितना चपका चल रहा है...

मां!!

पक्षी! डर मत! क्या मैं चिल्ला रहा हूं? क्या मैं घबरा रहा हूं...

एक बार कोई आ जाता...एक बार कोई मुझे सहला जाता...भूल जाता मैं सारी पहाड़-सी यातना को...

मत्सुओका! क्या तू सचमुच इतना निर्दयी है? किसलिए हो गया है तू

इतना कठोर! क्या साम्राज्य की प्यास इतने लोहू से भी नहीं बुझी? क्या है वह वैभव जिसकी नींव इंसान की हड्डियों और मांस की बलि पर लगाई जाती है...तू नहीं जानता मत्सुओका! हम जानते हैं...हमने यूरोपीय लुटेरों और अंग्रेज़ों की इस तृष्णा का विष पिया है अभागे...हमने लाखों की कुर्बानी दी है...और मैं यह फल भोग रहा हूं कि अपने पेट के लिए देश के लाखों को छोड़ आया गुलामी में... मैं एक पुर्ज़ा बन गया...इसलिए सीख रहा हूं साम्राज्यों के वैभव की असलियत...भूख से मेरे पेट ने कीमत चुकाई है...

मां! न्याय क्या उन्हींको मिलता है जो मरते हैं, कटते हैं...तू तो कहती थी कि न्याय अवश्य होता है, देर से अबेर से...और सारे अभिमानी एक न एक दिन अवश्य धूल में छटपटाते हैं...उसका दिन तब आता है जब गुलामी भोगने वाले अपनी कायरता का पूरा प्रायश्चित्त कर डालते हैं...

रात हो गई है। मैं पड़ा कराह रहा हूं। अब भी कोई पास नहीं है।

'पानी!! पानी!!'

स्वर गूंज उठता है...

पर नहीं रहा जाता...

मैं खिसकता हूं...

घाव छिल गया है...

उफ...भयानक पीड़ा हो रही है...

पर मवाद निकल रहा है...

मैं लिसड़ता जा रहा हूं

फोड़े के फूटकर निकलने से पीड़ा के बाद एक अजीब तरह का चैन आ रहा है मुझे...

यह तारों के पास कौन है...

चुप!! चुप!!

खामोशी।

मैं नहीं जानता यह कौन है...

पर अगर जापानी होता तो ऐसे क्यों आता...

वह शख्स पास आ गया है रेंगता हुआ...

अब अंधेरे में हम दो हैं...

एक नहीं...दो...

यह मनुष्य नहीं हो सकता, स्वयं भगवान हैं...

'कैसे हैं'...पूछता है वह...

पास आ गया है...

उसका हाथ मेरे कंधे पर है...

कौन है...देखूं तो सही यह मसीह कौन है...

घुटने तमाम छिल गए हैं हुज़ूर! कांटे छिद गए हैं तमाम...मैं हूं अज़हर...सूबेदार अज़हर...

मैं उसे सीने से लगाकर रोता हूं, जैसे मां आ गई है...

'हुज़ूर चोदह दिन से आने की ताक लगा रहा था यहां...पर आज मौका लगा है...'

तो क्या मुझे अकेले पड़े चौदह दिन हो गए हैं, और तभी एक भयानक विचार आता है...

क्या अभी चौदह दिन बाकी हैं...

'हुज़ूर घबराइए नहीं। अल्लाह ने चाहा तो सारी मुसीबतें कट जाएंगी। तनहा हैं तो खुदा पर यकीन लाइए। उसीमें लौ लगाइए, वह बहुत बड़ा सहारा देगा हुज़ूर। यह खूनी दरिंदे हैं, आपका रात-रात भर, तड़प-तड़पकर चिल्लाना सहा नहीं जाता था हुज़ूर...'

मैं उसे चूम लेता हूं...

मेरे हाथों में इन्सान आ गया है...

'कुछ खाने को भी है अज़हर...'

'हुज़ूर! दाण्डेकर को तो आप पहचानते हैं। अपनी ही यूनिट का है, वह तो आपपर यह ज़ुल्म देखकर पागल हो रहा है...न किसी तरह उसे चुप

करके यहां आ पहुंचा हूं...खाना कल लाने की कोशिश करूंगा, घबराइए नहीं हुज़ूर! हम पास ही हैं और आपका सबसे बड़ा साथी अल्लाह तो आपके भीतर है...गिड़गिड़ाकर दुश्मन का हौसला नहीं बढ़ाइए हुज़ूर...कभी वह दिन भी आएगा जब यह नफरत खत्म हो जाएगी...

कहीं बूट बज रहे हैं...

'तुम जाओ अज़हर...तुम जाओ...कहीं कोई देख लेगा...'

वह अंधेरे में रेंग जाता है...

फिर वह मुझे दिखाई नहीं देता।

और मैं धरती पर सिर टेक देता हूं...

मेर सामने कुछ नहीं है।

सिर्फ अज़हर है...

कुछ नहीं लाया वह खाने को...

न लाए...पर वह आया...

अपनी जान पर खेलकर आया...

क्या था जो उसे खींच लाया था ...

दर्द।

इन्सान का प्यार...

अज़हर! तुम कभी दुख मत पाना...

अज़हर! तेरे सारे दुख मुझे मिल जाएं...

अज़हर! जन्मजन्मान्तर तक जब तक मेरे हृदय में यह वेदना का दीपक जलता रहे, मैं तेरे पापों का दुख भोगा करूं।

चौदह दिन बीत गए!

और मुझे पता भी न चला...

अज़हर। यह सारा दुख तेरे आने से कैसा उड़ गया अज़हर! अज़हर तू मेरा भइया है। मैं तुझे हमेशा प्यार करूंगा। अज़हर! मैं तेरे इस प्यार को सदा ही प्यार करूंगा। जैसे मेरा गांधी प्यार करता है इन्सान के प्यार को। मां! छोटे ही अज़हर बनकर आया था। मां अज़हर बनकर आया

था। मां अज़हर ही छोटे...नीलम और सुषमा बनकर आया था। मां! तुम्हारा बेटा आया था मां। भारत माता का एक और बेटा आया था मां। अपने भाई की दर्दभरी पुकार सुनकर अपनी जान को हथेली पर रखकर आया था मां। वह मुझे इन्सान की आवाज़ देकर प्यार की सैकड़ों सदियां दे गया है, उस शुरूआत से मां! जब इन्सान ने इन्सान के सामने अपने भीतर घुमड़ती दुनिया को निकालकर अपना दुख हल्का करने के लिए शब्द बनाया था, जिसमें उनकी सारी सत्ता एक ध्वनि बनकर समा गई थी। जननी! नाद के प्रेम में सृष्टि की समरसता रहती है, यह तो मैंने आज ही जाना है। तुमने भी तो मुझे तभी पहचाना था, जब मैं पहली बार इस दुनिया में आकर तुम्हारी बगल में लेटकर क्कां-क्कां कर रो उठा था। उसीको सुनकर तो तुम्हारा लहू तुम्हारी छाती में दूध बनकर छलकने लगा था। अम्मा! अब मैं तुमसे दूर नहीं हूं। इस दुनिया के सारे आदमी एक ही मां के बेटे हैं। जो तुम्हें याद रखता है, वह अपने भाई को नहीं मारता पर जिसकी आंखों पर पट्टी बंध जाती है, वह तुम्हें भूलकर जानवर बन जाता है। उसे माफ कर दो मां! क्योंकि तुमने उसे इसलिए नहीं पाला था कि एक दिन वह किसी बाप की आंखों की रोशनी छीन ले, कि वह किसी दिन किसी भाई के दूसरे हाथ को काट डाले, कि वह किसी दुल्हन के रंगीन सुपनों में आग लगा दे, कि वह किसी बहन की अस्मत को पैरों से रौंद डाले, कि वह आनेवाले नन्हे दुधमुंहों की दूध की मिठास से सनी मुस्कराहट को ज़बर्दस्ती घोंट डाले।

रनवीर शायद नहीं बचे यह कहने को, लेकिन मां अपने बच्चों को यही सिखाना कि वे गुलाम रहें या आज़ाद पर कभी भी किसीपर ज़ुल्म नही करें।

अज़हर चला गया है, लेकिन एक बात मुझे यह बता गया है कि धर्म, मज़हब, सिद्धान्त सब कुछ इन्सान के लिए हैं। और ज़माने में इंसान इंसान है। जब भी इस इंसान से नज़र हट जाएगी, तब सब स्वार्थ अपने-अपने नये रूपों में जागेगा और हर स्वार्थ एक आर्थिक आधार ढूंढ़

लेगा...सिद्धान्त बनते हैं मिट जाते हैं, लेकिन उनसे ऊपर है इन्सान...और इंसान को ज़िन्दा रखना है...कह गया है न अज़हर... वही तो अताउल्ला ने मरते वक्त दुहराया था...यकीन रखो...घबराओ नहीं...नहीं अज़हर... अब मैं नहीं घबराऊंगा...बहुत दर्द हुआ था घिसटने में, लेकिन मवाद बह निकला था। बहुत प्यार दिया है तुमने अज़हर... अब डर भी दूर होता जा रहा है...मैं नहीं घबराऊंगा...

अम्मा! सुन रही हो न? अब घबराने की कोई ज़रूरत नहीं है। अब रनवीर मर भी जाए तो दुख न करना, क्योंकि तुम्हारा एक और बेटा है अज़हर। अज़हर है, दाण्डेकर है। तुम्हारा बेटा बियाबान में जब चिल्ला रहा था, तब किन्हींके दिल में तूफान करवट ले रहे थे, किन्हीं बंधे हुए गुलामों के दिलों में आज़ादी अपनी मशाल जला रही थी, किन्हीं अंधेरे से मायूस दिलों में इज़्ज़त और मुहब्बत के समन्दर हिलोरें लेने लगे थे...प्रोमिथियस की आग उनके दिलों में फरफराने के लिए बेचैन-से उन शहीदों के लोहू में भीगे हुए झंडे की तरह वल-वला रही थी...देख रही हो न मां! सदियों का लोहू चुल्लू में उठा लो और खड़ी हो जाओ, और इतिहास के अंधेरे से ललकारकर पूछो कि इस चुल्लू में जो सैकड़ों, हज़ारों, लाखों नौजवानों का खून है, इसका बदला मुझे कौन देगा, क्योंकि इस चुल्लू के लहू के हर बूंद लाखों दुलहनों के आंसू, लाखों मांओं के दूध और लाखों बच्चियों की मुस्कान से तुली है, और करोड़ों मसीहा और पैगम्बरों की कुर्बानियों ने इस लहू की हरएक बूंद को सचाई का उजाला दिया है, यह उगते हुए सूरज की ज्योति है। मां, अज़हर तब आया था जब मैं डूब रहा था, एक ऐसे समन्दर में जिसमें नफरत का खार था, और खामोशी सबके ऊपर मौत बनकर छा गई थी। वह एक ऐसा बियाबान था जिसमें हर ज़र्रा हातिम की तरह पुकार-पुकारकर चिल्ला रहा था, लेकिन वहां कोई भी सुनने वाला नहीं था...मां वहां कोई भी सुननेवाला नहीं था। जब मैं कराह-कराहकर थक जाता था, तब भी कोई नहीं बोलता था, तब मुझे लगता था मेरा सिर फट जाएगा...मैं ज़िन्दा नहीं हूं, मैं मर गया हूं,...लेकिन इन्सान ज़िन्दा है मां! इस नफरत, खुदगर्ज़ी

से बड़ा है इन्सान का दुख, और दुख ने जन्म दिया एक रोशनी को, जो शायद हमेशा दर्द की तपिश में पिघल-पिघलकर, लहु बनकर इन्सान के दिल की हर धड़कन में गमका करेगी। मां, तुम नहीं समझोगी क्या, कि अज़हर ने मुझे क्या दिया? तुम समझ सकती हो मां, क्योंकि तुमने दर्द की शुरूआत में ज़िन्दगी का सुपना सहेजना सीखा था।

सुबह हो गई है।

मैं मुश्किल से उठकर देखता हूं।

कोलाहल सुनकर देखता हूं।

दाण्डेकर को तीन जापानी पकड़े ले जा रहे हैं और अज़हर को चार पकड़े रोक रहे हैं और अज़हर चिल्ला रहा है : नहीं, मुझे छोड़ दो, दाण्डेकर का कुसूर नहीं है...मैं ही उन्हें खाना पहुंचाने जा रहा था...

मेरे रोंगटे खड़े हो गए हैं...

मैं चिल्लाता हूं, 'क्या हुआ अज़हर...क्या हुआ...'

दाण्डेकर चिल्ला रहा है : नहीं मैं ले जा रहा था। करो तुम मेरा क्या कर लोगे? तुम हमें कुत्ता समझते हो, अत्याचारियो! हम नहीं सहेंगे...'

'क्या हुआ दाण्डेकर...' मैं चिल्ला रहा हूं।

दाण्डेकर चिल्लाता है, 'सर? मैं आ रहा था आपके लिए खाना लेकर! इन्होंने मुझे पकड़ा है। मार डालो। मार डालो मुझे...

'उससे मत बोलो!' जापानी गरजता है।

उसके मुंह पर भयानक क्रोध है...

'मैं बोलूंगा!' चिल्लाता है दाण्डेकर—'तुम मुझे नहीं रोक सकते! तुस उसे घोंट-घोंटकर मार डालना चाहते हो...लेकिन तुम उसे नहीं मार सकते...तुम उसे नहीं मार सकते...यही है एशिया वालों का एशिया...तुम...'

जापानी समझता नहीं। अंग्रेज़ी में चिल्लाता है...'चुप रहो बर्ना गोली मार दूंगा...'

दाण्डेकर कमीज़ के बटनों को तोड़कर सीना खोलकर चिल्लाता है, 'मार दे! मार दे! डरता क्यों है? मार! मैं भारत का निवासी हूं! हम गोली से नहीं डरते, ज़ंगली! निहत्थे पर गोली चला देगा...'

और न जाने कहां से एक आवाज़ उस हरे-भरे मैदान में उठती है—

'महात्मा गांधी की...'

और न जाने कहां से अनेक कैदी सुनकर दिगंतों को हिला देने वाला गम्भीर गर्जन करते हैं...'जय!

वही बगावत की पुकार, वही आज़ादी की ललकार, वही सताए हुए की ईमान की चुनौती, वही गांधीजी इन्कलाब का फहरता झंडा है, जहां भी नफरत है वहां वह बूढ़ा एक पहाड़ है मुहब्बत का...जहां भी तड़पती कराह है, वहां वह मुस्कराता हुआ इन्द्रधनुष है, वह एक पुकार नहीं, साम्राज्यों के वैभव को टुकड़े-टुकड़े करके फेंक देनेवाली बीन की झंकार है, जो हज़ारों बरस के मोटे फौलादी इतिहास की छाती में प्यार की सुलगन बनकर कांपने लगती है...

और आवाज़ आती है—धायं!

धायं!!

दाण्डेकर चिल्लाता है, 'भारतमाता की...

मैं चिल्लाता हूं, 'जय...'

और फिर उसकी लाश गिर जाती है। अज़हर नहीं रोता। मैं नहीं रोता। इतना ठंडा खून! दाण्डेकर अब दम तोड़ रहा है, क्षणभर वह छटपटाता है, और फिर वैसा ही खामोश हो गया है, वैसा ही मुस्करा उठा है, जैसे एक दिन ईसा सूली पर सो गया था...

और अज़हर बड़बडाता है, 'दाण्डेकर! दाण्डेकर!'

मगर दाण्डेकर अब कहां है?

अज़हर फूट-फूटकर रोने लगता है और जापानी उसे घसीटते हुए ले जाते हैं और अज़हर चिल्ला रहा है...'मुझे भी मार डालो ज़ालिमो! मुझे भी मार डालो...'

अब सब कुछ फिर खामोश हो गया है।

मैं बैठ गया हूं।

मैं रो रहा हूं।

मुझे नहीं मालूम मैं कब से रो रहा हूं, मैं कब तक रोऊंगा, मैं कितना रो चुका हूं और न जाने अभी कितना और रोऊगा...

मां! उन्होंने दाण्डेकर को ऐसे मार डाला जैसे वह आदमी ही नहीं था। क्या दाण्डेकर में जान नहीं थी? क्या उसमें वही जान नहीं थी, जिसे आइन्स्टाइन और सारे वैज्ञानिक भी नहीं बना सकते...भरा-पूरा जवान था, सुती हुई देह थी, भूख से करख हो गया था तो क्या? क्या यही उसकी सत्ता की सार्थकता थी? क्या इस धरती के टुकड़े पर अनजान में मरने के लिए उस मासूम ने सुदूर महाराष्ट्र के किसी गांव में जन्म लिया था? मैं रोऊंगा नहीं मां! पर यह हवा में आज अभी तक कैसी बगाबत गूंज रही है? वही आवाज़ है...गांधी की जय... बापू। सुना तुमने? दाण्डेकर मारा गया! तुमने कहा था कि थदि सेवा नहीं करना चाहते हो तो सेना में मत जाओ, पर उसमें रहकर अपने विश्वास पर आघात न करो! लेकिन दाण्डेकर तो बन्दी था। उसने तो कोई विश्वासघात नहीं किया। वह तो विश्वास के लिए मर गया? क्या कभी ऐसा भी दिन आएगा जब ठंडे दिल से हत्या करने का यह उन्माद सदा-सदा के लिए मनुष्य के भीतर से भाप की तरह उड़ जाएगा...वह उसकी लाश को ऐसे खींच ले गए है जैसे वह कोई आदमी ही नहीं था... जैसे वह कोई जानवर था...

भोर की पहली किरन फूट रही है ...

पहली चिड़िया बोल रही है...

मीठी आवाज़...

हां, मैं सुन रहा हूं...

घास की पत्ती भी ओस को अपनी कनपटियों से झाड़कर मुझसे धीरे-धीरे कुछ कह रही है...

क्या कह रही है वह लाजो...

सुनूं तो...

मैं लेटा हूं, दाने बिखरे हैं कुछ चावल के...मैं देखता हूं...यह कौन आ गया है मेरे पास...

पहले झिझका, दूर से देखता रहा, फिर आ रहा है पास, और मैं हिलडुल भी नहीं रहा हूं...

छोटा-सा, आ गया...आ गया...और अब अपने अगले पंजों में दबाकर खा रहा है चावल का दाना...

चूहा...

यहां भी न जाने कहां से आ गया...

तू यहां कब से रहता है रे?

संसार के किस बादशाह ने मुझे यहां भेजा है। बागी! तू मेरा साथी है, दुश्मन को क्या तेरा इस तरह मेरे पास आना अच्छा लगेगा...

वह खा चुका है और मेरे पास आ रहा है, पहले डर से, फिर चौकन्ना-सा...पर मैं कुछ नहीं कहता...फिर भी वह सर्र से भाग जाता है। और मैं देख रहा हूं तुझे, तू घास में छिपा देख रहा है मुझे लालची।

अच्छा मैं आंखें बन्द कर लेता हूं आ जा...आ गया? अच्छा। जनाब ऐसे मस्त हो गए कि मेरे ऊपर ही चहलकदमी कर रहे हैं...

फिर भाग क्यों गया...

अच्छा...आंखें खोलूं...यह बात है...

पीली चिड़िया आ गई है। मगर यह तो बहुत छोटी है, यह तेरा क्या करेगी?

और चिड़िया फुदककर देखती है। चूहा मेरे बगल में से झांक रहा है। बेझिझक बैठ जाती है मेरे कंधे पर। कान में कुछ कह भी दिया! अच्छा बच्ची? बिल्कुल सुषमा जैसा ऊधम! क्यों रे चूहे। तू तो बिल्कुल नीलम-सा चुलबुला है।

अच्छा देखो, कल छोटे और मां को भी ले आना, कहना मेरा घाव अब ठीक हो गया है।

क्यों री चिड़िया! मुझे यहां कितने दिन हो गए?

चिड़िया कहती कुछ नहीं। मुझे अचरज से देखती है।

ठीक ही तो है!

समय है ही क्या? अपने-आपमें वह कुछ नहीं है, वह तो दो के सम्बन्ध से बनता है, मेरा भी तो सम्बन्ध बन गया है तुम दोनों से। रोज़ ही आते रहना तुम दोनों!

जीवन में मैंने एक सत्य और जाना है...

वेदना से ऊपर है मनुष्य की जीने की इच्छा...

और उससे भी बड़ा सत्य यह है...

कि जो प्राणी होता है, उसे प्राणी से प्रेम होता है...

इफरात से नफरत होती है...

मैं इन दोनों को खा सकता हूं, दोनों मेरी हथेलियों पर खेलते हैं, बल्कि दोनों मेरी वजह से एक-दूसरे के भी दोस्त हो गए हैं...लेकिन मैं नहीं खा सकता इन्हें...दुनिया लड़ रही है, इन्सान की अक्ल ने जो बहुत बड़े पैमाने पर यह हत्याकांड फैला रखा है, उससे भी बड़ा है मेरा जीवन की शक्ति का यह प्रयोग...दोनों ही मेरी तनहाई के साथी हैं...इनकी हरकतों में मुझे ज़िन्दगी की मासूम सचाई दिखाई देती है... अभी तो चूहे साहब के खेल देखने लायक हैं। चिड़िया मुझे बहुत हंसाती है...चूहा चला दाना

लेने...चिड़िया ने फुदककर चोंच में भर लिया, मगर चोंच है छोटी, पूरा दाना कहां समाए...सो चूहे साहब लगे हैं फिराक में, बड़े चौकन्ने-से, कि चिड़िया ज़रा चूके तो वे हाथ मार जाएं...मगर चिड़िया भी आसमान में उड़ती है...आ गई मेरे कंधे पर...

दोनों कितने मासूम हैं, मगर कितने मतलबी, कितने चालाक, मगर कितने विश्वासी....

सचमुच प्राणो के मेल में प्राणी का प्रेम जीवित है...

कहते हैं एण्ड्रोक्लीज़ ने सिंह को भी मित्र बनाया था...क्या सिंह भी मित्र बनता है?

मत्सुओका दिखाई देता है...

वह मुझे देखता है।...कठोर...

फिर वह जापानी में चिल्लाता है...'उसे बाहर करो।'

मुझे वे बाहर ले जाते हैं।

'कुछ मज़ा आया?' वह व्यंग्य में पूछता है, अंग्रेज़ी में।

मैं कहता हूं, 'बहुत!'

'कब तक रह सकते हो?'

'चाहे जब तक।'

हठात् वह कठोर बनकर गरजता है—'ले जाओ इसे।'

वे मुझे ले जाते हैं। मुझे लगता है मत्सुओका क्रुद्ध हो गया है। लेकिन अब यह मुझे क्या सज़ा देगा?

सहसा ही मेरी आंखों के सामने अंधेरा छाने लगता है...

मौत...विकराल...भयानक...

पता नहीं मुझसे कोई कह रहा है, सीधे चलो...

लेकिन मुझे कुछ नहीं दीख रहा है...

मैं लुढ़कता जा रहा हूं...अंधेरा छा गया है...कोई बोलता है तो वह आवाज़ मुझे बहुत दूर सुनाई देती है...

कोई बन्दूक का कुंदा मारता है...

मैं गिर जाता हूं और तब मुझे फिर कुछ भी याद नहीं रहता।

जब आंख खुलती हैं मैं देखता हूं मैं अकेला पड़ा हूं। मगर अब चारों तरफ तार नहीं हैं। कुछ जापानी सोल्जर पास बैठे बातें कर रहे हैं...

एक बढ़कर आता है...वह अंग्रेज़ी टूटी-फूटी बोल लेता है...

'क्या हाल है?

'ठीक हूं। मैं कहां हूं। मैं मर गया हूं?'

वे सब ठठाकर हंसते हैं। फिर एक कुछ जल्दी-जल्दी कह जाता है।

पास वाला मुझे सिगरेट देकर कहता है, 'जल्दी पी लो! अभी कोई अफसर नहीं है।'

मैं सुलगाता हूं उसे।

ज़िंदगी की गर्मी फिर लौटती-सी आ रही है। मैं अत्यन्त कृतज्ञता से उसे देखता हूं। पता नहीं, वह भी कैसी दृष्टि से मुझे देख रहा है...

सिगरेट पीकर मैं उठ बैठता हूं। कहता हूं, 'पानी!'

एक मुझे पानी पिलाता है।

चारों ओर देखता हूं।

फिर वह सिपाही मेरी कुहनी को देखता है। बन्दूक का कुंदा शायद वहीं लगा था। सूजन आ गई है। शायद यह चोट इसीने दी थी। फिर वह कुछ नहीं कहता और साथियों में मिलकर बैठ जाता है।

शाम हो आती है। मैं वहीं सो जाता हूं। मगर एक सोल्जर मुझे उठाता है और वहां ले जाता है जहां और कदी सो रहे हैं। वहां कई हैं और मुझे लगता है कि दुःख बहुत-से लोग बांटकर भोग रहे हैं। मेरा अकेला ही बहुत बड़ा नहीं है।

मैं अफसर हूं, यहां मझे खयाल आता है, मगर यह जिस्म अफसर

नहीं है। मैं वहीं पड़कर सो जाता हूं।

दूसरे दिन मत्सुओका फिर आता है और मुझसे कहता है, 'तुम अफसर हो! लेफ्टिनेंट! इनको काम में लगाओ। सेना के लिए साग-सब्ज़ियां पैदा करो!'

हमें कुदाल वगैरा मिलती हैं, बीज भी।

और सिपाही मेरे पास आ जाते हैं।

'हुज़ूर! इन सालों के लिए सब्जियां हम उगाएं?' पूछता है एक।

'अज़हर का भी कुछ पता है?'

'हुज़ूर! उसे इन लोगों ने बहुत मारा। बहुत मारा! सारे जोड़-जोड़ ढीले कर डाले ज़ालिमों ने। मगर बचानेवाले ने सिर्फ एक जान बचा दी, वर्ना उसमें बचा ही क्या था!'

तो मरा नहीं है। दहशत से जो रोंगटे मेरे खड़े हो गए थे, उनमें खुशी की एक लहर दौड़ गई है।

'वह है कहां?'

'क्या जाने? बोट में रखकर ले गए उसे!'

मैं फिर कांप उठता हूं। पूछता हूं...'क्या उसे डुबा दिया उन्होंने समुन्दर में?'

'कौन जानता है, हुज़ूर!'

तभी एक जापानी कर्कश स्वर से चिल्लाता है, 'काम करो काम! बैठे मत रहो!'

मेरे सिपाही क्रोध से देखते हैं, मगर मैं कहता हूं...'खोदना शुरू करो। वे एक-एक को भून देंगे। उन्हें कोई रहम थोड़े ही है कि जो तुम ज़िद करोगे तो वे मनाने बैठेंगे! यहां क्या तुम्हारी मां बैठी है?'

मां का नाम सुनकर वे कुछ विचलित हो जाते हैं।

वे ज़मीन खोदते हैं।

एक कहता है, 'हुज़ूर! सचमुच मां नहीं है।'

फिर फावड़े चलाने की आवाज़ आती है।

मैं बैठा हूं।

दूसरा कहता है, 'हुज़ूर! बहुत दूर है अपना देश! घर के लोग क्या जानते होंगे, हम किस हालत में हैं! पर हुज़ूर! हमारा कुछ भी हो, तनखाह का हिस्सा जो हम लिख आए हैं, वह तो घर पहुंच जाता होगा न?'

बड़ी आस है उसमें।

मैं कहता हूं, 'अगर हम मरों में शामिल नहीं हैं तो वह ज़रूर पहुंचता होगा...खोने के शक पर वह रोका नहीं जाएगा, चाहे सरकार को हमारा पता चला हो या नहीं...'

फिर वे मेरी तरफ देखते हैं जैसे हम सब मर गए हैं या खो गए है...

मैं कुछ नहीं कहता...

और वे खोद रहे हैं...

धरती की पर्तों के पलटने से आवाज़ आती है...माटी चोला बदल रही है, नया बीज धारण करने को...

कौन कहता है मां यहां नहीं...

शिन्तोमारू ने दूसरे दिन दुपहर को यात्रा शुरू की। यह एक कार्गो था। इसमें 3000 कैदी थे, अब मैं भी उन्हींमें से एक था।

कैदियों को गन्दगी से छाजन हो रही थी। बहुतों को पेचिश थी। हम सबको डेक के नीचे भर दिया गया। नीचे हवा नहीं थी, कुएं जैसी जगह थी। बेहद गर्मी थी। उसमें हिन्दुस्तानी थे, इंडोनेशिया के कैदी थे। चीनी थे। चौबीस घण्टों में केवल एक-एक मग पानी दिया जाता था। हम प्यासे मरते थे। ग्यारह बजे खाना मिलता था। और एक बजे जापानी जंगलों के पार खड़े हंसते हुए मेज़ पर कुर्सियां लगा कर बैठकर डटकर खाना खाते थे, उनके खाने की गन्ध आती थी, हम

सूंघते थे। हम लोगों के मुंह फट चले थे; क्योंकि हमें विटामिन सी की कमी पड़ गई थी।

जापानी उशी (गाय), बूता (सूअर) और घोड़े का मांस खाते। हम केंचुओं जैसी सब्ज़ी खाते, जो कारखानों में सुखाकर लाई गई थी। उसके टीनों में कीड़े पड़ गए थे। मुट्ठी-भर से भी कम और गन्दा चावल मिलता था। उसमें मक्खियां और कंकड़ पड़े रहते थे। उसमें चूहे की खाल और टाट भी मिली रहती थी। हमें पता नहीं चलता था। हम लोग पीटे जाते थे। बारिश हो, कुछ हो, हम खुली हवा के लिए ऊपर भागते थे। वे हमारे सिर फाड़कर भीतर धकेल देते थे। एक कोने में बौबरिल की पुरानी डिब्बियां पड़ी थीं, हमने उसमें चावल मिलाकर खाया। उसके भीतर टीन का ज़हर व्याप गया था।

जहां जहाज की भाप चुचाती थी हम वहां अपने मग लगा देते थे और पानी की एक-एक बूंद जमा करते थे।

सिंगापुर से बटाविया, बटाविया से सौराबाया—मक्कासर स्ट्रेट के पास से फिलीपन—पलाओ द्वीप होकर—न्यूगिनी के उत्तर में—फिर वहां से रौलब और न्यूब्रिटन द्वीप।

हमारे शरीर साबुन जैसे भीगे हुएसे चिपकते थे। एक दिन में औसतन 15 आदमी भूख और प्यास से मरते थे...पलाओ कैरोलीन द्वीप में काफी कैदी उतारे गए। 1500 फिर भी बच गए। सात दिन में रबौल पहुंचे, केवल एक मरा। हर बीमारी के लिए कुनैन दी जाती थी।

फिर कारगो चली।

1500 आदमी उसी छोटे-से स्थान में बैठे थे। पानी नहीं था। जापानी जंगलों के पार खड़े थे। उन्होंने चॉकलेट छीलना शुरू किया, फिर ऐसा लगा कि वे उसे भीतर फेंक रहे थे। हम सब टूट पड़े। जापानी ऊपर हट्टहास करने लगे। लेकिन हम लोग पशुओं की भांति लड़ रहे थे। जिसमें जितनी शक्ति थी, लगाए दे रहा था। एक कैदी जो दुबला-सा था, पेचिश में जिसके आंव जा रहा था, किसी प्रकार उठा और टूट पड़ा। बड़ी देर

तक छीना-झपटी होती रही। किसीकी आंख कुच गई, किसीका पांव कुचल गया। दो व्यक्तियों ने एक-दूसरे को काट खाया।

जापानी चिल्लाया—'देखो!'

हमने ऊपर देखा।

वे चॉकलेट खा रहे थे। अब पता चला।

उन्होंने हमारे लिए ऊपर का कागज़ छीलकर गुड़ीमुड़ी करके नीचे फेंक दिया था।

हमने देखा।

आंखें जलने लगीं।

वे अट्टहास करके हंसे।

हम सब अपनी-अपनी जगह बैठ गए।

पेचिशवाले ने आराम से बीचोबीच पड़े-पड़े आंव निकाल दिया। बदबू आने लगी।

एक व्यक्ति ने गुस्से से कहा—'सूअर के बच्चे!'

रोगी ने कुछ नहीं कहा।

घृणा से एक चीनी ने खखारकर उसपर थूका। वह इतना निर्बल हो चुका था कि उसने कुछ नहीं कहा। फिर वह ऐंठन से मरोड़े खाने लगा, उसकी आंखों में अजीब पथरीली दृष्टि थी, गोया वह तो मर चुका था। उसके मुंह पर दाढ़ी बढ़ी हुई थी। मैल उसके हाथों पर जमा हुआ था।

मैंने अपने घुटनों पर हाथ रखा। मुझे चिपकतापन लगा। मैंने अपना थूक निगला और तभी सामने एक व्यक्ति ने उठकर अपना मग जहाज़ की चुचाती भाप की बंदों को पकड़ने को लगा दिया। अब दूसरा पास आ गया।

पहले ने उसे आंखें फाड़कर देखा।

उसने निडर होकर अपना मग बढ़ाया।

दोनों घूरते रहे।

बूंदें नीचे गिरने लगीं। एक तीसरे ने चुपचाप अपना मग ऊपर पकड़ा। जब अचानक उधर दृष्टि गई, पहले ने तीसरे के मुंह पर घूंसा मारा। सारा पानी फैल गया! अब वे तीनों गुत्थमगुत्था में पड़ गए। वे टकराकर उस तनिक-से स्थान में गिरे तो चार व्यक्तियों के चोट आ गई। वे चारों बुरी तरह चिल्लाते हुए गालियां देने लगे। फिर मारपीट होने लगी।

और तब वे अलग हो गए।

फिर अपनी-अपनी जगह बैठ गए।

फिर उसकी आंखों में चमकती तारा ज्वालामुखी में से निकलती आग की लपट की तरह दिखाई देने लगी।

पेचिश वाला व्यक्ति एक बार धनुष की तरह अकड़ गया। फिर वह तड़पने लगा। उसने फिर आंव निकाल दिया। इस बार उसमें रक्त भी था। किसी मां का लाड़ला, किसी बहन का दुलारा आज भेड़ियों के बीच में बैठा था।

हम सब आदमी थे।

लेकिन कैसे आदमी!

हम ज़िन्दा रहना चाहते थे। और ज़िन्दगी सबसे हमदर्दी करती है, मौत से नहीं करती।

उसका छटपटाना देखकर हमें गुस्सा आने लगा। वह हमें कायर बना रहा था। वह हमारी दया क्यों मांग रहा था। क्यों वह हमारी कठोर छाती को पिघलाना चाहता था। क्यों वह दिखाना चाहता था कि दुश्मन हमें कुचलकर सुख पा सकता था।

'साला मरता भी नहीं।' एक चिल्लाया।

वह कौन था?

मैं नहीं जानता।

पर वह हममें से ही था।

'साले मरना है तो जल्दी मर। इतनी बीमारी का सहारा तो खुदा ने तुझे दे दिया। अब तो बेशर्मी न कर।

हठात् हम सब चैतन्य हो गए।

एक और ने कहा—'अब ये मरेगा।'

'यह कौन है?' कहकर एक ने अपने नीचे से एक कीड़ा खीच निकाला। और झटके से मरते आदमी पर फेंका।

'ले, यह तेरी मदद करेगा।'

कुछ देर में जब वह मरीज़ उछला और उसने तीन उल्टी सांसें लीं और एकदम सिर लुढ़क गया, कई लोग एकदम उत्साह से चिल्ला उठे—'मर गया! मर गया! शाबाश!!'

हम लोग कितने हमदर्द थे! क्या हम इंसान नहीं थे! क्यों नहीं थे? हम सच्चे इंसान थे। हम झूठी सहानभूति नहीं दिखाते थे। मौत उसकी निजात थी। वह आज़ाद हुआ। हमने अपने पांव फैला दिए। बड़ी देर से घुटने मुड़े-मुड़े दरद करने लगे थे। हमारे पांव उसकी लाश पर गिरे। पर न उसने हटाने को कहा, न हमने हटाए। अब उसे कोई तकलीफ न थी, न वह कैदी था। विचारा मरकर हमें पैर फैलाने की जगह दे गया।

एक बजने वाला था। ऊपर मेज़ें लग गई थीं। तरह-तरह के लजीज खानों की खुशबूएं आने लगी थीं।

जापानी खाने बैठ गए। उनके सामने एक अधनंगी इण्डोनेशिया की लड़की थी। वह एक कुर्सी पर बैठ गई। उसने अत्यन्त करुण नेत्रों से हमें देखा। वह दृष्टि हमें बहुत बुरी लगी।

एक चिल्लाया—'साली रंडी है।'

और फिर वह गालियां शुरू हुईं कि वह शर्माकर भाग गई। जापानी उसे छेड़ने लगे। फिर वे खाने लगे। हम जंगले के पास खड़े हो गए, हमने अपने हाथ जंगलों के बाहर निकालकर फैला दिए। पास खड़े जापानी ने बाहर से संगीन चलाई। हमने जल्दी से अपने हाथ भीतर कर लिए, वर्ना कोई कट गया होता।

एक जापानी ने कहा—'बदबू आती है।'

'कोई मर गया है?' एक जापानी ने चिल्लाकर हमसे पूछा।

मगर हम उस वक्त मरे हुए की याद नहीं चाहते थे। हमारे मुर्दे में कोनों से निकलकर कीड़े लग चुके थे।

हठात् एक जापानी करीब आया। उसने ऊपर से ठोकर मारी, हम नीचे गिरे। कई के चोटें आईं।

कई चिल्लाए...

लाश चली गई।

हममें से जो जहाज़ में समुद्र में मरता था, वह समुद्र में फिंक जाता था, जो ज़मीन पर मरता था, वह मिट्टी में दबा दिया जाता था। उस असह्य गर्मी में प्यास से हम तड़पते थे। एक मग पानी! क्या होता था उससे। हम एक-दूसरे के पसीने को चाटते थे। और वह समुद्री खार होता, जिससे गला और सूखने लगता। लेकिन फिर हम लोग संधने लगे। हम हिलते नहीं, डुलते नहीं, हम बोलते नहीं हम न गम करते, न शक्ति को क्षय करते। जीवित रहने के नये सत्य ने बताया कि जो लड़ते थे, चिल्लाते थे, वे पहले मर गए थे, वे समुद्र के जन्तुओं का आहार बन गए थे। तब हमें चुप बैठना था। हम उन कीड़ों को जो हमारे खाने में आते थे, जो चूहों की पकी खाल आती थी, उसे सबको बिना विद्रोह के खाने लगे। अब कीड़े चावल के दाने हो गए, उनका गंदापन हमें गंदा नहीं लगता था। चौबीस घंटों में एक बार वह हमें बहुत ही स्वादिष्ट लगता था। अब मैंने किसीको कै करते नहीं देखा। अब चूहे की खाल को भी हम टाट का टुकड़ा समझकर खा लेते थे। मैंने एक कैदी को कै करते देखा। हम आश्चर्य करने लगे। वह लज्जित हुआ। कहीं ऊपर से मक्खियां आ गई थीं। उन्होंने भिन-भिनाना शुरू किया। वह व्यक्ति अपने भीतर से निकली अन्न की उस शक्ति को ललचाया-सा देखता रहा। बौवरिल वाला टीन का ज़हर उसके पेट से सब निकल लाया था। उसे घोर परिताप था। अब उसके भीतर कुछ नहीं था। आंतें तभी से अकड़ने लगीं थीं। पता नहीं कि उसमें आग थी या क्या था। अब कल तक उसे बैठे रहना था। उसने दो घूंट पानी पिया। जैसे इसीसे वह अपना

काम चला लेगा। लेकिन जब एक बजे वहां मेज़ पर खाना लगा, उसने सीढ़ी चढ़कर जंगले पकड़कर थूका। थूक जापानियों के खाने में पड़ा। तब वे क्रुद्ध हो उठे।

उन्होंने उसे अकेले को बाहर खींच लिया। एक कैदी विद्रोह में बढ़ा। बाकियों ने उसे पीछे खींच लिया। वे व्यर्थ लड़कर मरना नहीं चाहते थे। एक ने धीरे से कहा—'शायद अब करवट बदलने की जगह जल्दी ही हो जाएगी।

सबने मन ही मन दुहराया। करवट की जगह।

जापानी बाहर उस चिल्लाते कैदी के हाथ-पांव पकड़कर हवा में झुला रहे थे। उन्होंने उसे झटका दिया और ज़िन्दा ही उसे समुद्र में फेंक दिया। वह कैदी तैराक था। वह भूखा भी उसी जहाज़ पर लौटने के लिए चिल्लाता हुआ तैरने लगा। एक जापानी अफसर ने पिस्तौल का निशाना साधा और आवाज़ आई—धांय।

समुद्र की लहरों पर रक्त की ललाई दिखाई नहीं दी। उसकी शहादत का लहू काश धरती पर गिरता, तो शायद एक रंग छोड़ता!

तिरेसठ दिन की उस गाथा को कहने के लिए मुझे अभी रास्ते में मर जाने वाले लोगों की साक्षी चाहिए।

लेकिन वे मर गए हैं और उनका नक्शे पर कोई भी निशान बाकी नहीं है। वे कब थे, यह भी नहीं कहा जा सकता। वे किसलिए जन्म लेकर आए थे, कौन जानता है!

मेरे सामने तो दूसरी बात है, मैं जब करवट लेता हूं तो बगल का व्यक्ति मुझसे कहता है...सरककर लेटो...

कहां.. यहां जगह नहीं...

उफ गर्मी के मारे दम घुट रहा है...

हम लोग पेशाब क्यों फेंकते हैं...

क्यों? पीने की राय देते हो?

हां, वह पानी ही तो है...

फिर सन्नाटा छा गया।

क्या हम ज़िन्दा है?

हां।

तब ही ऐसा लगता है।

कैसा?

कि हमें अभी सब अनुभव होता है।

कोरल द्वीपों के सौन्दर्य को मैं देखता रहा। नीले, बैंगनी, फिर जल की एक पतली-सी झिल्ली। और एक ऊंचा झाग, फिर हरियाली और फिर सांझ की छाया—दक्षिणी समुद्र का विस्तार...

अपूर्व सौन्दर्य था वह।

सचमुच प्रकृति सुन्दर थी, मनुष्य क्रूर था।

हम बन्दी क्यों थे?

कितनी अपरूप मरकत-सी थी वह हरियाली।

किन्तु मैं तभी उदास हो गया!

यह सब सौन्दर्य भी मनुष्य का अपना नहीं रहा है।

क्यों?

क्योंकि यहां भी इन्हीं बर्बर लुटेरों का राज्य है।

[मुझे याद आया। जर्मन और अमरीकन मिशनरियों ने यहां के लोगों के नाम तक बदल दिए हैं। ऐसी वह लड़की आइडा थी। रंग की सांवली। कनाका। और उसे जापानी वेश्या की भांति काम में लाते थे। उसके पड़ोसी की पत्नी से उन्होंने उसके पति को बांधकर सामने ही बलात्कार किया था। सात व्यक्तियों ने। जब खम्मे से खोला गया तब उसका पति इन बर्बरताओ से अपमानित होकर इतना भीषण धक्का खा चुका था कि वह मर गया था। कौन जाने उसके गले पर बंधी रस्सी की गांठ ने उसके गले की सांस लेने की नली को दबा दिया था। इन्सान की जान उसके गले में बहुत ही नाज़ुक

होती है। लेकिन तब जापानियों ने उस स्त्री को लात देकर उठाया था। वह उठ खड़ी हुई थी और अपने मृत पति की ओर उसने मुड़कर भी नहीं देखा था। बाद में जब वह अकेली रह गई थी तब उसने संभोग के समय अपने बर्बर भोगी की पसलियों में छुरा घुसेड़ दिया था और स्वयं भी उठकर नदी में कूदकर मर गई थी। इसका बदला लेने के लिए जापानियों ने एक दूसरी ही गर्भवती स्त्री को पकड़ लिया था, जिसका इस घटना से कोई सम्बन्ध नहीं था। उन्होंने उसकी रानों में तलवार डालकर उसके पेट तक काटा था, और बच्चेदानी में से बच्चे को निकाल दिया था। वह उनका राजधर्म था!]

लेकिन हरियाली मरकत-सी चमक रही है। उसमें नीलम की छांह है। एक अवर्णनीय सौन्दर्य है...

प्रशांत.. जैसे निर्लिप्त...

निरासक्त...

ओ हरियाली! मैं कैदी हूं...

हरियाली ने पुकारा आओ आओ...

मेरी शरण में खो जाओ...

मैं स्फुरित-सा देखता रहा...

कैसा आवाहन था...

अपरिचित, अव्यक्त...

तो क्या वहां यह सब नहीं होगा...

नहीं...आओ...आओ...

मैं समुद्र में कूद पड़ा।

'वह कूदा!' कोई चिल्लाया।

'इण्डी था।' शोर मचा।

'कैदी था!' कोई गरजा।

'पकड़ो-पकड़ो।' फिर रोर उठने लगी।

जापानी रैफ्ट पर पीछा करने लगे। रैफ्ट मेरी ओर आने लगा। उसपर चार व्यक्ति थे...

मैंने चिल्लाकर कहा—'बचाओ...बचाओ...'

मैं अकेला था।

निर्बल था। यहां मुझसे तैरा नहीं जा रहा था। यहां मैं कहां आ गया। अब मुझे जहाज़ ही अच्छा लगने लगा। मैं उनके पास पहुंच गया। उन्होंने मुझे धक्का दिया।

तब मुझे पता चला। वे बचाने नहीं आए थे, मुझे सता-सताकर डुबोने आए थे...

मुझसे किसीको प्यार नहीं था...

अंधेरा छा गया था। अंधेरा पहले बैंगनी, फिर नीला, ऐसा नीला जैसी स्याही होती है...

रैपट लौट गया था।

मैं चिल्लाने लगा।

किन्तु वहां था कौन? कोई नहीं।

तो क्या अब मरना होगा?

न जाने मुझमें इतनी शक्ति कहां से आ गई थी। मरने की बात मेरे लिए अज्ञात थी। मेरे भीतर यह विचार ही नहीं आता था कि मैं भी मर सकता हूं। इतना बार बच जाने पर मुझे लगता था कि मृत्यु मेरे लिए है ही नहीं। अचानक मुझे एक तख्ता मिला। मैंने उसे पकड़ लिया। फिर उसपर मैंने अपना भार डाल दिया।

सचमुच मैं नहीं मरूंगा, मैंने सोचा।

तो फिर वह जो कि तख्ता भेजता है, वह समुद्र में क्यों डुबाता है...

इतनी यातना मैं क्यों भोग रहा हूं...

और शायद विश्वास में यह बात न आए...

जबकि मैं समुद्र में एक तख्ते के सहारे अथाह लहरों पर झूल रहा था, जब अन्धकार के कारण केवल सुदूर आकाश के नक्षत्र दिखाई देते थे... तब मुझे तब की याद आने लगी जब मैं सेना में नहीं था...घर पर था...तब मैं निश्चिन्त विद्यार्थी था...और वे दृश्य मुझे बड़े सुहाने बनकर याद आने

लगे...जीवन अब अपनी शक्ति के लिए फिर जैसे मेरे अहं को सचेत करने के लिए अपना सुन्दरतम पक्ष दिखा रहा था...

मैं एक ओर बहने लगा। शायद लहरों का कम्पन मुझे फेंक रहा था...

मैं...असीम आकाश...अनन्त जल...अगाध अन्धकार...विदेश ...अनजाना स्थान...समुद्री...जन्तु फिर मैं...और मेरी सत्ता में निहित जीवन का संघर्ष...

एक व्यापक रोर...

मैं चिल्लाऊं?

क्या होगा पुकारकर? कौन सुनेगा?

सुबह पानी में से सूरज निकलता हुआ दिखाई दिया। ऐसा लगता था जैसे वह प नी में डूबा हुआ था।

उसकी ज्योति जल पर फैली। लहरें मचल उठीं। चिड़िया आकाश में चहचहाकर उड़ने लगीं। सफेद पक्षी उड़े। लाल मोटी चोंच के पक्षी फरफराए...

लेकिन...सहसा...यह क्या हुआ कि मैं आर्त हो गया...

मुझे प्यास सताने लगी...

चारों ओर समुद्र...

किन्तु खारी...

गला चटक रहा था

क्या करता...

अथाह समुद्र में पानी नहीं था...

उस समय इस सबमें पहली बार मुझे लगा मैं टूट जाऊंगा...

मैं नष्ट हो जाऊंगा...

क्या होगा अब जीकर...

अब मेरा मन घुट रहा है...

मैं मरना चाहता हूं...

तख्ता बहकर किनारे से टकराया...

यह कौन-सी जगह है...मैं कहां आ गया हूं...

यह तो धरती है...धरती...आसरा है...

पानी भी धरती में है...

लेकिन प्यास सर्वत्र है...

मैं मूर्च्छित हो गया। या सो गया नहीं जानता।

मुझे पता नहीं...

मैं जग रहा था या सोच रहा था, मैं नहीं समझ सका। क्या है वह संबल जो मुझे खींच रहा है...क्या उसीका नाम जीवन है? क्या मैंने सुपना देखा—

मेरे भीतर वह इतना विश्वासी कौन था...

एक अत्यन्त सुन्दर द्वीप है। वहां घनी हरियाली है...

मरकत और नीलम की छाया है...

ओह...लाल चिड़िया ने अपनी पीली चोंच उठा दी है...अतीव सुन्दर...

मैं निश्चिन्त घूम रहा हूं...

अब मैं धरती पर चल रहा हूं...

अचानक मेरे पांव एक दीवाल से टकराए।

किसीने झटका दिया।

अब मैं फिर जाग उठा...

मैंने देखा...चेतना जागने लगी...

वह एक जहाज था...जिसने मेरे स्वप्न को तोड़ दिया था। वह स्वप्न तोड़ दिया था, जिसमें जीवन मृत्यु को पराजित कर रहा था। और मेरी वह अपराजितावस्था फिर सभ्यता (!!) में लौट आई थी...जहां इन्सान था...वह इन्सान जिसकी इतनी स्तुति गाई गई है।

मुझे ऊपर खींचा गया।

कौन थे मेरे प्राण-रक्षक!!

किन्होंने बचाया था मुझे?

जापानी!

वे मुझे घूर रहे थे।

फिर जापानी!

मुझमें कंपन भर गया। मैं न जाने किस तरह लड़ा था। जिंदगी फिर खड़ी हो गई थी।

जापानी ने मुझमें लात दी।

'सूअर! इंडी!' वह चिल्लाया।

दूसरा चिल्लाया, 'कंदी है! कपड़े देखो। भागा हुआ है।'

मैं लुढ़क गया।

'भागा है?' एक लात और।

ज़िदगी की इज़्ज़त!

तब उन्होंने मुझे लात मार-मारकर डेक पर लूढ़का दिया।

वे हंसे।

मैने गुस्सा नहीं किया। शायद मुझे अपने बचने की चिन्ता थी। विद्रोही की नहीं। तब मैं एक कोने में पड़ा रहा।

'पानी!' मैंने कहा।

एक आदमी ने मुझे गन्दा-सा पानी पिलाया। मैंने उसका हाथ चूम लिया। वह देखता रहा। छः दिन तक मैं एक आर्त पशु की भांति वहां पड़ा रहा।

वे खाते, खेलते, बोलते, हंसते...

लेकिन मैं पड़ा रहा...सुनता...देखता...न रोता...न हंसता...मैं निश्चेष्ट था...

लेकिन मैं मर नहीं रहा था...

वे मुझे खाने को कुछ नहीं देते थे...

दो दिन मैं रेंगकर उनके पास गया था...

मैंने भूखी आंखों से उन्हें खाते देखा था...

पर उन्होंने मुझे लात मारी थी...

मेरे भीतर कुछ था जो फिर मुझे वहां जाने से रोक लेता था...

कहीं से दो कैदी आ गए थे। दोनों इण्डोनेशियावासी थे, मुझे देखा तो उनको दर्द-सा आया।

वे मुझसे बोले नहीं। दुपहर को जब जापानी खाना खा रहे थे तब नज़र बचाकर एक ने मुझे चुपचाप अपने खाने में से दो मुट्ठी भात दे दिया।

भात!!

मैंने आंखें उठाकर देखा।

उसने इंगित किया—खाओ।

वह स्नेह देखकर मैं बिलबिला उठा।

मैं बिना बोले कुत्ते की तरह बिना हाथ लगाए उसे निगल गया।

फिर लेट गया।

एक ने मेरे माथे पर हाय फेरा। मुझे वह स्पर्श एक नये जीवन का सा स्पर्श लगा। तो अभी तक मनुष्य का स्पर्श सुख दे सकता था!

मैं लेट गया। आज अन्न मेरे पेट में भारी-सा लगा। लगा मैं और निर्बल हो गया हूं। मैंने हिलने की चेष्टा की। हिल नहीं सका।

वे मुझसे कुछ दूर बैठ यह दिखा रहे थे कि उन्हें मुझसे घृणा है ताकि जापानी सन्देह न करें। वे बातें करने लगे।

एक ने कहा—'मेरे सामने इन्होंने एक चीनी लड़की को रंडी बनने को मजबूर किया। उसने कहा, मैं इस लायक नहीं, मुझे बीमारी है। लेकिन डाक्टर ने—जापानी था वह, कहा कि 'यह इस योग्य है। चीनी लोग झूठे होते हैं। उनका यकीन नहीं करना चाहिए।' तब वह लड़की गले में फांसी लगाकर मर गई।'

दूसरे ने कहा—'अपढ़!'

'हां,' पहले ने कहा, 'तब जापानियों ने लड़की के चाचा को कैद किया।'

'क्यों!'

'उन्होंने कहा, तुमने सिपाहियों को अपनी लड़की देने से इन्कार करके

हिरोहितो का अपमान किया है। उन्होंने असह्य यातना देकर चाचा को मार डाला। उस लड़की की बड़ी बहिन तो उनके पास खूब जाती थी। उसका भाई रो दिया था मुझसे बोलो। मैंने कहा, मारो या मरो! वह बोला, मैं मरने से नहीं डरता। लेकिन मैं ही अपने घर का एकमात्र पुरुष हूं। बाकी बच्चे हैं। इन सबका क्या होगा? वह लड़की बड़ी शरीफ थी। कभी उसे तम्बाकू मिल जाती तो मुझे लाकर ज़रूर देती। वह कहती, तुम-हम दोनों एक-से हैं, तुम भी कैदी, हम भी कैदी; हम कुत्ते से भी गए बीते। मैं तो मर जाऊं पर यह मेरे भाई छोटे हैं, बहनें बच्ची है...और मैं कुछ नहीं कहता, चुप रहता। वह कपड़ों की कमी के कारण इतना छोटा फ्राक पहनती कि जब ऊखरू बैठती थी तो मैं मुंह फेर लेता। वह कहती, 'तुम मनुष्य हो, तुम मनुष्य हो...वे सब पशु हैं...वे सब पशु हैं ....'

जापानियों को आश्चर्य हुआ।

'यह कुछ नहीं खाता?'

'नहीं!'

'पीता है।'

'मैं इसे थोड़ा पानी पिलाता हूं।

'क्यों?'

'मैं देखना चाहता हूं कि एक कमज़ोर गुलाम कितने दिन जीवित रह सकता है।'

'हम डाक्टर हैं।'

'क्यों?'

'डाक्टर चूहों पर प्रयोग करते हैं; हम आदमियों पर।

'पर यह आदमी नहीं।'

'तो क्या है?

'गुलाम।'

वे ठठाकर हंसे।

'मुझे शक होता है।'

'क्या?'

'इसे कोई खाने को ज़रूर देता है।'

'देगा कौन?'

'कोई कैदी।'

'लेकिन हरएक को मुश्किल से अधपेट मिलता है। अपना पेट काटकर देगा कौन?'

'यह इण्डोनेशिया वाला देता होगा।'

'मैं क्यों दूंगा,' कैदी ने कहा—'यह हिन्दी है। मरे चाहे जिए, मुझे क्या? और यह तो मरेगा! मैं तो इसे नहीं देता।'

'तू झूठ कहता है।'

'कैसा झूठ?'

जापानी चले गए।

वह इण्डोनेशियावासी मेरे से दूर बैठ गया और उसने फिर इधर-उधर देखकर कहा, 'क्यों? मैं तुझे कब देता हूं।'

वह मेरे पास आया। एक जापानी आ गया।

इण्डोनेशिया के कैदी ने उसे दिखाने को अपना पांव मेरे मुंह पर रख दिया।

मैंने कुछ नहीं कहा।

जब जापानी चला गया तो वह अपने पांव को नोचने लगा, जैसे वह उस पांव को पापी समझता था। मैंने इशारा किया, ऐसा मत कर।

'वर्ना वे तुम्हें मार डालते।' उसने कहा, 'तुम हिन्दी हो...'

'वे तुम्हें भी मार डालते!' मैंने कराहकर कहा, 'वे विजेता हैं...'

सामने विषुवत् रेखा के लाड़ले आदिम पुरातन सघन कांतार खड़े थे। विशाल वृक्षों की छाया में जहाज़ रुका।

इण्डोनेशिया के कैदी ने कहा, 'उठो।'

मुझसे उठा नहीं गया।

उसने सहारा दिया। तभी जापानी आया। कैदी ने मुझे झटका देकर

कहा, 'सूअर का बच्चा.. उठता नहीं...'

मैं उठा...

और मुझे आज तक ताज्जुब है कि मैं उठा कैसे? कहां से आ गई मुझमें वह शक्ति...बल आ गया मुझमें कि मैं उठ सका...

तांबे के रंग के कनाका—मैलेशियावासी, माइक्रोनेशियावासी—सिर पर घने घुंघराले बाल, हब्शियों की सी चपटी नाकें—सुगठित सुन्दर शरीर...

मैं सब देखता रहा। सब देखता रहा।

ज़हाज़ से हम लोग धीरे-धीरे उतरे। मेरे साथ कैदी थे। किनारे की सुन्दरता देखकर मुझे लगा, मेरी भूख कम हो गई थी।

'चलो!' कैदी ने कहा।

मैं चलने लगा। वे आगे बढ़कर पंक्ति में खड़े हो गए। लेकिन हतभाग्य, मुझसे चला नहीं गया। मैं बैठ गया।

तभी मेरा पहला कार्गो आता दीखा।

मैंने सोचा! वे मुझे पहचान लेंगे।

फिर किसीने कहा, 'कौन पहचानेगा...'

उन्होंने मुझे पहचानकर तो नहीं सताया था...

उन्हें मुझसे व्यक्तिगत शत्रुता थी ही कहां...

वे तो मुझे नहीं सताते...उनका गौरव अपनी सत्ता का प्रसार-भर करता है...

मुझे फिर भूख लग रही है...

यह कब तक लगेगी...

जापानो चिल्लाया, 'उठ मुर्दे!'

मैं जा पड़ा।

वह चिल्लाया, 'चल! बढ़!'

मैं चलने लगा।

'और तेज़।'

मैं और तेज़ हो गया।

क्यों?

क्योंकि यहां वे कैदियों को खाना दे रहे थे।

न्यू ब्रिटन में जब मैं उतरा तब केवल साठ आदमी बचे जो उस पहले कार्गो में पहुंचे थे। मैं इकसठवां था। बाकी? बाकी सब मर चुके थे।

लेकिन आज मैं आज़ाद होकर भी रो रहा हूं।

'क्यों?' कोई पूछता है।

'हिरोशिमा जल गया है।'

'लेकिन आज तू विजयी है।'

'कैसे?'

'तेरे सामने ही तुझपर अत्याचार करनेवाले जापानियों ने हथियार रख दिए हैं। तू अफसर है न?'

'सूअर के बच्चे! अब कसी दया-भरी आंखों से देख रहे हैं! कल तक इनके चेहरे पत्थर के दिखते थे, आज वे कैसे नर्म हो गए हैं!'

कितने खूनों का बदला इनसे लिया जाएगा?

कितने ज़ुल्मों का बदला इनसे गिन-गिनकर लिया जाएगा, क्या सारा राष्ट्र भी उसका बदला दे सकेगा? क्या इनको स्त्रियों को संसार के अन्य देशों की स्त्रियों के अपमान का बदला नहीं चुकाना पड़ेगा?

क्या इनके बच्चों का कत्ल वैसे ही नहीं किया जाएगा जैसे संसार के अन्य देशों के बच्चों का कत्ल इन्होंने किया है? इन्होंने जिस हिरो- हितो को सूर्य का पुत्र कहकर लोगों को कुचला है, क्या उस मदान्ध राजसत्ता का गौरव अब पांवों के नीचे नहीं कुचला जाएगा?

मेरी यह कठोर प्रतिहिंसा बोलती है कि नहीं ऐसा ठीक नहीं होगा?

क्यों?

क्या इन्हें दण्ड नहीं चाहिए?

चाहिए...

लेकिन...

लेकिन क्या...

हिरोशिमा के कई लाख व्यक्ति मर चुके हैं...

अरे दया मत करो...

भेड़िये को भेड़िये के न्याय से ही कुचलो...

लहू का मोल लहू ही है...

लहू का मोल लहू तो नहीं...

तो क्या है?

लहू का मोल आज़ादी है।

लहू का मोल मां को ममता है।

लहू का मोल औरत की इज़्ज़त है।

लहू का मोल बच्चों की मुस्कान है...

भारत! मैं लौट आया हूं।

मैंने असंख्य तीर देखे हैं, समुद्र देखे हैं।

मैं उन समुद्रों में से आया हूं जहां सैकड़ों साल पहले तेरे पाल वाले जहाज़ जाते थे।

लोग कहते हैं कि तेरी भाषाओं में उन मैलेशियावासियों की भाषा के भी कुछ शब्द हैं, तो क्या वे कभी आए थे यहां?

क्या तब भी ऐसा ही रक्तपात हुआ होगा?

1946 की पगध्वनि सुनाई दे रही है।

कितने लाख आदमी लड़ाई में मरे हैं?

लाख नहीं, कुछ करोड़ ही मरे होंगे।

तुम लड़ने क्यों गए थे? कुछ तुम्हारा सम्मान अटक गया था? किसीसे तुम्हारी अदावत थी? किसीसे तुम्हारी राह रुक रही थी?

नहीं, मैं तो पेट की खातिर गया था।

देखो यह अंग्रेज़ हैं। इन्हें तुमने लड़ाई के मैदान में देखा था। तब यह कैसे थे?

वहां ये इंसान थे।

यहां क्या है?

यहां ये मालिक हैं।

क्या यहां भी यह तुमसे हमदर्दी दिखाते हैं?

मैं पहले गुलाम था।

अच्छा।

फिर मैं कैदी हो गया।

अब क्या हो?

अब मैं फिर गुलाम हूं।

युद्ध के लिए शान्ति चाहते हो, या शान्ति के लिए युद्ध? युद्ध के लिए प्रतिहिंसा, या कुछ और...

मैं कुछ नहीं चाहता... मैं केवल शान्ति के लिए शान्ति चाहता हूं...

मां खड़ी है। ग्यारह वर्ष का छोटे कितना बड़ा हो गया है।9॥ का है नीलम और सुषमा है आठ वर्ष की। मां के पांव छूता है रनवीर।

पड़ोस के डाक्टर साहब का पूरा परिवार है, और भी न जाने कितने परिचित हैं...

मां रो रही है...बार-बार सिर सूंघती है अपने पुत्र का, जैसे गाय को बछड़ा मिल गया है...

और वकील साहब कहते हैं—'साले जापानी! अच्छा बदला मिल गया उन्हें हिरोशिमा में...'

लेकिन मां काटकर कहती है, 'नहीं भैया! ऐसा मत कहो—ऐसा मत कहो...न जाने कितने बेकसूर मारे गए हैं....'

मां रोती है। रनवीर उसके पांवों में लोट जाना चाहता है। दुख से प्रेम का जन्म होता है। रनवीर इतना सहकर जिस सत्य पर पहुंचा है, इतना भटककर; मां घर बैठे उसे जानती है...इन 6 वर्षों में उसने क्या कम सहा है...

छोटे कहता है, 'अम्मा नींद में से चौंक-चौंककर उठ बैठती थीं और कहती थीं—देख तो छोटे! तेरा भैया तो नहीं आ गया, मुझे लगा था वह बड़ी देर से खड़ा है...मैं खाट छोड़कर उठकर जाता था तो साथ-साथ चली आती थीं मेरे और जब वहां कोई न होता था तो हम तीनों को छाती से चिपका लेती थीं, छाती से, और कहतीं थीं—भगवान! सबके बेटों की रक्षा करना...

वकील साहब गद्‌गद होते हैं। रनवीर देखता हैं मां को, और मां के नयनों में असीम आनन्द आज उमड़ा पड़ रहा है, पर जैसे उसे रोके रही है कि कहीं नज़र न लग जाए...बेटे का आज फिर से जन्म हुआ है न...?

आज कहीं घृणा या भय नहीं है...केवल सुख है, आनन्द है...

पर मां कहती हैं, 'बेटा! तूने एटम बम देखा होगा?'

'नहीं मां।' रनवीर कहता है।'

कैसी भयानक चीज़ है! इसे पैदा करके आदमी क्या कभी चैन पा सकेगा...'

और वह सुषमा की कोमल और स्निग्ध देह पर हाथ फेरती है, मानो उसे फूलों के मुरझाने की एक अज्ञात आशंका हो रही है।

सिर्फ डेढ़ सौ रुपये महीने रनवीर की तनख्वाह के आते थे, उन्हीं में इस महंगाई में भी किसी तरह मां ने इन तीनों बच्चों को पाला है। रुपयों के लिए रनवीर लिख गया था, सो आते रहे थे। लेकिन और कोई समाचार नहीं मिलता था। फौजी अफसरों से पता पूछा तो लिखा था कि उसका अभी पता नहीं चला है। क्या इतना ही मां के लिए काफी था? फिर भी अदम्य साहस से जिए जा रही थी वह। उसने बड़े-बड़े तूफान झेले थे। 42 की क्रान्ति, 43 का अकाल, एक-एक करके सब सुनती थी, गांधीजी ने भूख हड़ताल की थी तब मां ने बेटे वाली प्रार्थना में गांधी के लिए भी एक जोड़ ली थी और घर के आंगन में ही उसने सारा युद्ध झेला था... युद्ध भी मन की अनुभूति है अन्यथा घटना मात्र हुआ करे, वह क्या विचलित कर सकती है...

रनवीर कहता है, 'मां! हज़ारों आदमी यों बिखर जाते हैं उससे, जैसे वे कभी थे ही नहीं...'

सुषमा का अब संकोच कम हो गया है, रनवीर उसे गोद में उठा लेता है। पर अब वह गोद के लायक नहीं रही है, सो वह शर्मा जाती है।

दृश्य तो ऐसा है कि देवता ऊपर से फूल बरसाएं, लेकिन खैर कोई बात नहीं। जब देवता अपना काम छोड़ देते हैं तव मनुष्य ही उनके कामों को भी संभालने लगता है...

वकील साहब की स्त्री कहती है, 'भाभी! तुम भी! लड़का आया है कुछ मुंह मीठा कराओ...'

'अरे हां। मां कहती है...'

फिर केवल आनन्द है कुछ दिन...भूली बातें, ममता के अवरुद्ध पहाड़ पिघलते है...मां पुत्र की भयानक आपत्तियों को सुनती है और बिलख-बिलखकर रोती है और कहती है—हे भगवान! अब अपनी दुनिया में ऐसा न होना देना...

रनवीर को लगता है जैसे यह दुनिया कोई और है, वह एक दूसरी दुनिया थी। सारी परेशानियों और घुटन के बावजूद यहां इंसान इंसान है और वहां इंसान जैसे पागल हो गया था, वहां जैसे इंसान दावं पर चढ़ा हुआ-सा छटपटा रहा था...

सुबह होती है तो 'धायं-धायं' नहीं होती...

सांझ में चूल्हों का धुआं उठता है। लाशों का नहीं...

सब कुछ कितना शांत है। यह सच है कि इस शांति में भी हलचल है, मनुष्य की यातना यहां भी असीम है, किन्तु फिर भी यहां कुछ मूल्य हैं, जिनमें मनुष्य का निर्माण एकदम विनष्ट तो नहीं होता...

छोटे कहता है, 'भैया! सुषमा गाती बहुत अच्छा है। इसकी टीचरजी कहती थीं कि अगर इसे एक मास्टर रख दिए जाएं गाना सिखाने वाले, तो यह बहुत अच्छा गा सकती है।'

'रख देंगे। सुषमा! गाना सीखेगी?'

सुषमा भैया की ओर कितने प्यार से देखती है।

और रनवीर को लगता है कि वह ऐसी दुनिया में लौट आया है जहां सुन्दर की कल्पना निरन्तर जीवित रहती है, जहां संघर्ष का अर्थ है नया जीवन...

और वहां...अंधेरा...हत्या...लहू का समुद्र, धुआं और हाहाकार... कितना अधिकार है बच्चों का! वे क्या कुछ मांगते में संकोच करते हैं! अपना अधिकार जो समझते हैं। वे कोमल हैं, हमें उन्हें संबल देना है! क्यों नहीं सारा संसार भी वैसा हो हा जाता!

'रनवीर!' मां कहती है—'अभी भी बैठा क्या सोचा करता है बेटा?'

'कुछ नहीं मां!'

'भूल जा बेटा! वह सब भूल जा! अब तो तू ब्याह कर ले। जीवन में नया उजाला छा जाएगा।'

रनवीर देखता है। मां के नयनों में कितना विश्वास है। परन्तु यह केवल परिवारगत है या लोकगत, यह वह नहीं समझ पाता।

तीन

रनवीर सिहर उठा।

उसने आंखें खोलकर देखा। लैंप जल रहा था। बाहर अभी भी तूफानी हवा चल रही थी।

उसके बाद की कथा का तार टूट गया, यद्यपि वह भी एक अपना इतिहास रखती थी।

उसने कम्बल और ऊपर खींच लिया!

और सिगरेट सुलगाई। भीतर तक धुआं खींचा और आकाश की ओर मुंह कर टेण्ट की छत की ओर उसे फेंक दिया।

क्या करे वह अब शादी। सब कुछ बरवादी की तरफ बढ़ा चला जा रहा है। नैतिकता है ही कहां!

धांय!

रात की निस्तब्धता में वह स्वर बड़ी भयानकता से गूंज उठा और पहाड़ों से टकराता हुआ खिसलकर घाटियों में गूंजता चला गया।

रनवीर ने पिस्तौल उठा लिया जैसे यह सब काम पलक मारते हो गया हो, और एक बहुत ही विकराल चीत्कार सुनाई दिया, जिसे सुनकर रनवीर थर्रा गया।

'कौन चिल्लाया!' वह पुकार उठा...

बाहर कोई बड़ी ज़ोर से कराह उठा।

रनवीर झपाटे से कूदा और टेण्ट के पर्दे को उठाया ही था कि फिर आवाज़ आई—धायं...

आंखों के सामने तारे-से घूम गए...कंधे में बाईं तरफ ज़ोर का धमाका-सा लगा, जैसे किसीने गर्म सलाख हाथ में घुसेड़ दी हो...

एक चीत्कार...

और वह बेहोश-सा लड़खड़ाया...

उसी वक्त कई बन्दूकें धायं-धायं कर उठीं...

कोई बुरी तरह चिल्लाया और फिर एक पत्थर लुढ़का और घाटी—पुर्सों नीची घाटी में वह भयानक आवाज़ गूंजकर विलीन हो गई।

रनवीर पलंग के सहारे लेट गया धरती पर...

इसी समय भारी बूटों के भागने की आवाज़ें सुनाई देने लगीं।

अर्दली पर्दा उठाकर घुसा और चिल्लाया, 'हुज़ूर!'

उसका कांपता स्वर सुनकर कई सिपाही आ गए।

'क्या हुआ? क्या हुआ?' को फुसफुसाहट गूंज उठी।

अर्दली ने कहा, 'हुज़ूर घायल हो गए।'

चारों ओर भगदड़ और सनसनी। कई लोगों के बोलने की आवाज़ें—

'क्या हो गया?'

'अरे खून!'

'साहब बेहोश हैं...'

'डाक्टर को बुलाओ...

'जल्दी दौड़ो...'

'कहना फौरन...'

'अरे इन्हें तो उठाओ...'

'धीरे-धीरे...'

'संभालकर...'

उन्होंने उसे लिटा दिया...

'अर्दली पास आ गया।

'साहब।'

'हुज़ूर!'

रनवीर ने आंखें खोलकर कहा, 'पानी...'

पानी पीकर चेत आया।

'यह क्या हुआ?'

'हुज़ूर! एक कबायली आया था छिपकर उस लंगड़े को छुड़ाने ...संतरी ने देख लिया। मगर इससे पहले कि संतरी संभले उसने गोली

चला दी...'

'संतरी...'

'गोली दिल को फाड़ गई हुज़ूर...'

उसका स्वर भारी हो गया।

'मैं उसीकी आवाज़ सुनकर निकला था। पर्दा हटाते ही गोली हाथ में लगी...उफ...'

'आहिस्ता हुज़ूर! आहिस्ता!'

'फिर कबायली को...'

'हुज़ूर, कोई बीस गोलियां लगी होंगी, वह गिरा और पांव फिसलकर नीचे के खड्ड में जा रहा।' फिर वह स्वर बदलकर बोला, 'बड़ा पक्का निशानेबाज़ था...लेकिन छलनी कर दिया हमारे ज्वानों ने...' फिर स्वर बदला, 'हुज़ूर थोड़ी-सी पी लीजिए...ताकत और गर्मी के लिए...'

व्हिस्की पीकर रनवीर को अधिक स्फूर्ति लगी।

बातूनी मुंह लगा अर्दली कहता गया, 'डाक्टर साहब को खबर गई हुज़ूर। बस आते ही होंगे...'

रनवीर ने कहा, 'तुम लोग जाओ, अब मैं ठीक हूं...अर्दली ज़रा आग और तेज़ कर दो अंगीठी में, और एक पैग और देना...

सिपाही प्रशंसा-भरी दृष्टि लेकर चले गए और अर्दली ने बोतल का काग खोलकर शराब उंड़ेली...

बाहर खट-खट, खट-खट...

हवा की सर्द ठिठुरती पुकार...फिर खड्डों में जाकर एक गूंजती हुई हुंकार...डरावनी...अंधेरे पर झूमती कठोरता...

'हलो...

'डॉक्टर!'

'क्या हुआ लेफ्टिनेंट कर्नल...'

डॉक्टर कुर्सी पर बैठा और क्षण-भर देखता रहा, फिर उठा और कंधा देखा।

'कंधे में तो नहीं लगी...'

'यहां हाथ में बाइसैप में, मसल के नीचे...'

'हूं। गोली ने फाड़ दिया है। लेकिन गुडलक! गोली घुसी नहीं रही, वर्ना हड्डी तोड़ दी होती। उसका झटका ज़ोर का लगा, पर नीचे से काटती निकल गई...यह तो जल्द ठीक हो जाएगा...गरम पानी...'

'कर रहा हूं हुज़ूर!'

डॉक्टर ने पट्टी बांधकर कहा, 'अब आप ठीक हैं?'

'जी हां बिल्कुल, 'रनवीर ने उठकर कहा—'यह बिस्तर बदलो, कपड़े भी बदल डालूं...खून हो गया है न?'

'श्योर, श्योर!' डॉक्टर सक्सेना ने कहा।

'सिगरेट लीजिए डॉक्टर!'

'थैंक्स!'

दोनों अब सिगरेटें पीने लगे।

अर्दली ने गिलास में शराब ढालकर डॉक्टर के सामने भी रख दी।

अंगीठी की तेज़ी से टेण्ट में गर्मी आई।

डॉक्टर ने कहा, 'वैल! तो मैं चलूं?'

'क्या कीजिएगा, अभी सर्दी है। थोड़ा गर्मा लीजिए डॉक्टर!'

'पर सर्दी कम कहां होगी?' डॉक्टर ने कहा।

'दुनिया तो गर्म हो रही है आजकल उपग्रह के चक्कर लगाने से...'

'हाहाहा...'

दो ठहाके...अर्दली ने घुग्घू की तरह देखा और फिर अंगीठी पर झुक गया...

'आप आराम कीजिए...'

डॉक्टर चला गया...

बाहर सन्तरी बदल गया...

जो मर गया उसका शव प्रातःकाल ससम्मान जलाया जाएगा...

भोर हो गई है।

अर्दली चाय रखता है...

रनवीर पीते हुए कहता है, 'वह सन्तरी का...'

'हां हुज़ूर...'

'मैं भी चलता हूं...'

'आप रहने दीजिए हुज़ूर! आपको तकलीफ होगी...'

लेकिन रनवीर नहीं मानता...

झण्डा चढ़ा, उतरा, टोप उतरे,और सलामी दी गई, और रनवीर आ गया है लौटकर, पड़ा है बिस्तरे पर और सोच रहा है...

सतरी चला गया—

एक जान और चली गई...

कुछ देर पहले ही वह जाग्रत् था...

उसे नहीं मालूम था एक जंगली आएगा और फजूल गोली चलाकर उसे खत्म कर जाएगा...

और अचानक विचार आता है ...

और अगर यह गोली ज़रा 6 इंच और इधर ही लगती तो...दिल फट जाता...और...रनवीर...

मेज़ पर धरी ही रह जाती यह तस्वीर...

निगाहें जाकर टकरा रही हैं...

वही मुस्कान...

वही भोलापन है...इंजीनियर की लड़की...ताज्जुब है डॉक्टर की निगाह नहीं पड़ी, वर्ना दोस्त ठहरा...न जाने कितने सवाल पूछ डालता... और संतरी मर गया है...

रनवीर को याद आया है कि अस्पताल में बीमारी और रोगों के बीच रहते हुए भी यह डॉक्टर कभी उनसे दबते नहीं...ज़िन्दगी में यह भी

उसी तरह रहते हैं जैसे और लोग...वही वासना, वही लोभ, वही यश की कामना...मनुष्य की व्यथा उन्हें नहीं छूती...सच तो यह है कि वह तब छूती है जब अपना मन उसमें उलझा होता है, अन्यथा वेदना दया की अधिकारिणी होती है, आंख के आंसू की नहीं...ऐसा बन्धन क्यों है इस मनुष्य पर...

क्योंकि वह सत्ता के लिए संघर्ष करता है और करता चला जा रहा है.. और करता चला जाएगा...

जीवन और सृष्टि की अबूझ पहेली को वह सुलझाता चला जा रहा है...

विज्ञान के चरण अब अंतरिक्ष में पहुचकर नये असीम व्योम में मंडराने लगे हैं...अभी जानने के लिए बहुत कुछ है...प्रकृति की विजय तब तक अहंकार के विस्फोट करती रहेगी जब तक मन का संतुलन ठीक नहीं बैठेगा।

लेकिन विज्ञान मन की साधना कहां है?

चारों ओर भय बढ़ रहा है...

मन का विकास कहां है?

वर्गयुद्ध की विषमता युद्ध पर युद्ध ला रही है।

परन्तु वर्गयुद्ध का आधार तो आर्थिक विषमता है।

क्या वर्गहीन समाज की ओर दावा करने वालों में वर्गयुद्ध समाप्त हो गया है? जहां एक पार्टी जनता बनती है और वह यान्त्रिक ढंग से सबपर निरंकुश शासन करती है...वहां आर्थिक आधार के सुलझने पर भी वर्ग नष्ट कहां होता है? आर्थिक शोषण हटने से मनुष्य की बहुत-सी वेदना मिट जाती है, परन्तु सब नहीं। अधिकार का मूल स्वार्थ अहंकार में है...यश की लड़ाई में है...त्याग...भी अहंकार का ही रूप है...बौद्धिक प्रतियोगिता वहां बनी ही रहती है और युद्ध इस तरह कभी भी समाप्त नहीं होगा...आज तक के युद्ध अहंकार की अभिव्यक्ति रहे हैं...जाति-भेद, वर्ण-भेद,रंग-भेद ...धन भेद...सब प्रकारान्तर से उसी अहंकार के

प्रदर्शन हैं...वही अहं अपने निचले स्तर पर उतरकर बनता है...पशुत्व... पशुत्व यानी हत्या...और युद्ध केवल हत्या ही नहीं है...एक घोर भय है... भय...जिसमें सत्ता का विनाश मिल जाता है...और तब आत्मरक्षा के लिए युद्ध के कारण उभारकर सामने किए जाते हैं...धर्म, दर्शन, सिद्धान्त, आर्थिक शोषण, त्यागदान, सब उसीके रूप हैं...एक युद्ध एक बुराई को खत्म करने के लिए बड़े विश्वास से लड़ा जाता है, परन्तु अन्त में वह लाता है और नई बुराई...

कुछ देश लड़े थे अपने साम्राज्य को बचाने के लिए स्वतंत्रता की लड़ाई, अपने उपनिवेशों को तलवार के बल पर गुलाम बनाए रखकर... कुछ और देश उठे थे अपनी तृष्णा और साम्राज्य को बढ़ाकर सबपर छा जाने के लिए...एक लड़ा था साम्राज्यवादियों से मिलकर फासिस्टों के विरुद्ध, संसार में स्वतंत्रता और शांति स्थापित करने के लिए...और एक लड़ा था अपने वर्गहीन समाज की रक्षा करने के लिए...जिसको रक्षा करने के लिए...उसने छोटे देशों की जनता को गुलामी दी थी, निरीह जानकर, और एक अत्याचारी से सन्धि करके उसे समय दिया था कि वह आराम से अन्यों को कुचले...केवल अपने नये प्रयोग और अपनी जनता की रक्षा के लिए...ओर हुआ क्या परिणाम...कुचले हुए जागे...लोहू के समंदर को फाड़कर जगह-जगह आज़ादी के टापू निकले...तख़्त उलट गए...राजाओं के मुकुट लुढ़क गए...आजादी पहरुआ स्वय एक दूसरे प्रकार की साम्राज्य की तृष्णा से पागल होकर निकला, बाकी साम्राज्य क्रुद्ध होकर लुटती सल्तनतों पर अत्याचार करते हुए बर्राने लगे...और जनवाद जबरन अपने सिद्धान्त की आड़ में बाकियों पर चढ़ गया... और उसने नये प्रकार की गुलामी दी...हमने लहू देकर आज़ादी ली... लेकिन तपस्पूत बलिदानी को गोली मिली और जनता को भ्रष्टाचार और घूसखोरी...और कुछ अत्याचारियों ने अपने दंभ का बदला उस गुलामी से चुकाया जो हिंसा के बीज को भीतर पालती है...और अब भी है वही... पहले से बड़ा आतंक...सर्वनाश का भयानक डर...एक ओर एक धन से

मदमत्त-सा फैलना चाहता है स्वेच्छा (फ्रीविल) के नाम पर दूसरी ओर दूसरा अपने यांत्रिक समाजवाद को लेकर छा जाना चाहता है जनता के नाम पर... वह जिसकी जनता का वीर-युद्ध सदैव प्रातःस्मरणीय बनकर रहेगा...वहीं...मनुष्य की सदिच्छा (गुड विल) की उपेक्षा हो गई? कहां है पथ...

और बलिदानी ने कहा था कि व्यक्ति को उठाओ। अहंकार को दबाओ...युग का वह बोर बलिदान था...किन्तु वह विज्ञान की महान शक्ति को नहीं चाहता था...और हम चाहते भी नहीं, पर उसे ही अपनाते जा रहे हैं...

पाप का दमन करने को आज हम कहते हैं कि वर्गहीन समाज बनाओ...शान्ति से...व्यक्ति का विकास करते हुए...व्यक्ति और समाज को मिलाते हुए...हिंसा है अत्याचार...अहिंसा है आत्मरक्षा...

हम अभी कहां हैं?

दुनिया एक है। विज्ञान के प्रकाश में यह सत्य कितना बड़ा है। किन्तु अभी हम तो विकास के इस क ख ग घ तक नहीं पहुंचे हैं... सिद्धान्तों की यांत्रिक कट्टरता और वर्ग में मनुष्य को जन्म के आधार पर बांटना...यह सब उसी अहंकार की जड़ता के पक्ष हैं जो युद्ध का बीज है...

युद्ध तब हटेगा जब अहंकार मिटेगा...

अहंकार का विकास प्रकृति ने अपने-आप किया है और वह करती जाएगी...

तो फिर वह कैसे मिटेगा...

अहंकार जीवित रहने की इच्छा है, अहंकार सुख-प्राप्ति की इच्छा है...वह सदा रहेगा... परन्तु उस अहंकार को उदात्त बनाना ही मनुष्य के कल्याण का पथ है...उसीसे शायद हम शान्ति की ओर बढ़ सकें...

घृणा और दम्भ इसी अहंकार की निचले स्वर की अभिव्यक्तियां हैं... व्यक्ति का जब तक यह विकास नहीं होगा, तब तक इस पृथ्वी से युद्ध नहीं मिट सकेगा...चाहे किसी भी पैगम्बर और दार्शनिक की दुहाई क्यों

न दी जाए, चाहे इस विचार को सब ही अपने-अपने संकुचित दृष्टिकोणों, दंगों और विकृत सीमाओं के कारण गालियां दे लें...

रनवीर को लगता है जैसे वह कहीं दूसरे रास्ते पर आ गया है और वह सोचता है....

तब भय ही आज संसार का आधार है...उसमें कहीं सुरक्षा नहीं है... विज्ञान ने विकास किया है...मनुष्य की सांस्कृतिक चेतनाको भय देकर... आत्मरक्षा के नाम पर सर्वनाश के अस्त्र बन रहे हैं...जब अस्त्र बनते हैं तो वे चलते अवश्य हैं...एक बनाता है कि दूसरा यहां जबरन समाजवाद न फैला दे, हमारे आर्थिक उपनिवेशों को न छीन ले... दूसरा बनाता है कि पहला कहीं जबरन फिर पूंजीवाद न लौटा लाए... हमारे नये समाजवादी उपनिवेशों परसे हमारा कब्ज़ा न उठ जाए... अविश्वास...भय...दोनों का साधन विज्ञान...कोई साधन नहीं यह कहने का कि युद्ध नहीं हो...यह युद्ध तब तक रुका है जब तक दोनों की वैज्ञानिक प्रगति प्रायः समान है, जिस दिन एक भी बढ़ जाएगा, दूसरे को मार देगा...लेकिन दोनों नहीं जानते कि मनुष्य दोनों सिद्धान्तों से बड़ा है और अस्त्रों से मनुष्य काटे जा सकते हैं, कुचले जा सकते हैं, लेकिन इंसानियत नहीं मिटाई जा सकती...मनुष्य का विश्वास यदि अस्त्रों के बल पर जमाया गया है, तो वह मनुष्य का विश्वास नहीं, अस्त्र का विश्वास है, वह एक झूठ है, जिसमें अहंकार का प्रेत ही घुरघुराता है मनुष्य की निर्भयता नहीं...

बाहर कुछ शोर-सा हो रहा है...

'ऑडरली।'

'हुज़ूर।' कहता हुआ वह भीतर खिंचा चला आता है।

'यह क्या शोर है?'

'हुज़ूर। वह कबायली लंगड़ा है, रात को गिरफ्तार किया था। कप्तान साहव ने इधर भेजा है हुज़ूर के हुक्म के लिए।'

'वह पाकिस्तानी फौज का है?'

'नहीं हुज़ूर! आज़ाद काश्मीर गवर्नमेण्ट का बोलता है अपने को।'

'वह कोई गवर्नमेण्ट नहीं। उसके कुसूर क्या हैं?'

'मैं सूबेदार साहब को बुलाता हूं।'

आकर सूबेदार खट से सैलूट देता है।

अपनी वर्दी पहने पांवों पर कंबल डाले मोटे तकियों के सहारे अधलेटा-सा रनवीर कहता है, 'उसने गांववालों को लूटा है न?'

'हां हुज़ूर।'

'टेक एक्शन (कार्रवाई करो)! वह सिर्फ लुटेरा है। उसको पाकिस्तानी फौज में नहीं गिना जा सकता।'

'लेकिन सर! वह स्पाई (जासूस) है।'

'स्पाई?'

'यस सर! उसकी जेब में नक्शा है और वह हमारे फौज़ी मुकाम की पड़ताल कर चुका है, जिसका उसने नक्शा भी बनाया हुआ है। शायद उसे ही लेने रात का कबायली आया था जो मारा गया।'

'तो फिर वही करो जो स्पाई का होता है। या कर्नल को फोन करके पूछ लो।'

'यस सर!'

वह सैलूट करके चला जाता है...

और रनवीर पैड पर लिखने लगता है—

प्रिय छोटे,

मैं काश्मीर आ गया हूं। यह जगह बहुत ठण्डी है, मगर ज़िन्दगी में नया तज़ुर्बा है। समुद्र, जंगल और मैदान तो बहुत देखे थे, लेकिन इस ज़मीन पर पहाड़ों का आलम ही और है। यह चीज़ सब चीज़ों से ज़्यादा खूबसूरत है। हालांकि इस वक्त सिर्फ बर्फ ही बर्फ है, लेकिन सफेदी के अकेलेपन में भी इस कदर शेड हैं कि देखते ही बनता है। सोचता हूं, इसे देखने के बाद एक बार उत्तरी ध्रुव भी कभी देखना चाहिए, जहां छः महीनों का दिन और छ: महीनों की रात होती है।

सुषमा की शादी कर डालना। मुझे अभी छुट्टी शायद न भी मिल सके। रुपये बैंक से ज़रूरत पड़े तो निकाल लेना। और हां, मेरी राय में एक मकान भी बनवा ही डालो अब! रहना तो है ही। अब तुम भी जल्दी लायक हो ही जाओगे।

वह इंजीनियर साहब की लड़की का फोटो भी आ गया है। लड़की अच्छी है। इसकी शादी ज़रूर किसी अच्छे-से आदमी से हो जाए तो बहुत अच्छा होगा। मैं तो शायद यही सोचता हूं कि मेरा शादी न करना ही ठीक रहेगा। अम्मा को अच्छी तरह समझा देना कि वे नाराज़ न हों। तुम दोनों की बहुएं आ जाएंगी, तो उनका मन उन्हींसे बहल जाएगा। और बच्चू! मेरी राय में तो तुम ही न जल्दी से कोई लड़की देखकर कर डालो अपनी शादी! बकौल वकील साहब की बीवी के—छोटी-सी बटुआ-सी बहू, जो घर में छम-छम करती डोला करे।

मैं यहां अच्छी तरह हूं। डॉक्टर साहब मेरा काफी खयाल रखते है। घबराने की कोई बात नहीं है। हमारी सेना का साहस और नैतिकता बहुत ऊंची है और हम देश के लिए कुछ भी उठाकर नहीं रखेंगे।

तुम्हारा—रनवीर

पत्र लिखकर वह पढ़ता है और पुराना पत्र निकालकर अंगीठी में डाल देता है, जो सुलग जाता है और फिर काला-सा कोयलों पर पतला-सा मरा-सा दिखता है।

सिगरेट जलाते ही उसकी नज़र फिर उसी फोटो पर अटक जाती है इंजीनियर की लड़की...

वही सुपने देखती आंखें...

जैसे कह रही है—मुझे देखो...मुझे ज़िन्दगी समझो...मैं स्वयं प्रकृति हूं...

वह निगाह हटा लेता है...

और बड़बड़ा उठता है, नहीं...नहीं...यह दुनिया अच्छे आदमियों की नहीं, सुन्दरी...यहां लुटेरे बसते हैं...

जब वर्गहीन समाज बन जाएगा, जब व्यक्ति और समाज के विकास का संतुलन हो जाएगा, जब विज्ञान माध्यम होगा, साधन नहीं, अन्त नहीं...तब यह दुनिया अच्छी बनेगी...तब तक नहीं...अभी तो यहां धनी गरीब को लूटता है, गरीब बदला लेता है तो काम बिगड़ता है, सरकारी लोग दंभ और आतंक से काम लेते हैं...रिश्वतें लेते हैं... व्यक्ति के स्वातन्त्र्य के नाम पर दमन होता है, कहीं समाज के स्वातंत्र्य के नाम पर गुट्ट शासन करके व्यक्ति की सदिच्छा को घोंटते हैं...

धमकी दी जाती है...व्यक्ति स्वातन्त्र्य का देश अमेरिका कहता है कि ऐसा अस्त्र बनाया है कि दुनिया जल उठेगी...

धमकी दी जाती है...समाज स्वातन्त्र्य का देश रूस कहता है कि ऐसा अस्त्र बनाया है कि यहीं से सबको जला देंगे...

यह सब है व्यक्ति और समाज के लिए...

व्यक्ति स्वातन्त्र्य का हरण करता है कौन? एक गुट्ट!

समाज स्वातन्त्र्य का हरण कौन करता है? एक वर्ग!

इस दोनों तरह की अकड़ और आन-(जो इंसानियत और आज़ादी के नाम पर—निभाई जा रही है...) का नतीजा है...लाखों करोड़ों की मौत...विज्ञान, संस्कृति और सदियों की कला का सर्वनाश...

एक कहता है चलो अस्त्रों को समुद्र में डुबा दें...

दूसरा कहता है—'नहीं!' स्वार्थ उसे पागल किए है...

क्योंकि वह समझता है यह एक झूठ है, नया फरेब है...

पहला ही क्यों नहीं डुबा देता स्वयं...क्योंकि उसे डर है कि उसके पास एक ही बल है और है वह अस्त्र-बल...

हमारे पास कुछ नहीं है...पर हम तो किसीसे नहीं डरते...उनको ही भय क्यों है? उन्हें अपने नये सिद्धान्तों का गर्व और विश्वास नहीं? हिंसा से भरी यह 'नहीं—'अहं की 'पशुता' है और चारों ओर भय छा रहा है...

हत्या और बलिदान का भेद जानते हैं वे ही, जो सत्य पर निर्भर रहते हैं। इसलिए हमें विश्वास है कि यह अस्तबल मनुष्यत्व को कभी भी पराजित नहीं कर सकता...विज्ञान का तभी विकास होगा जब मनुष्य की आत्मा का विकास उसपर हावी हो जाएगा...

मनुष्य ही जीतेगा...वही जीतेगा अन्त में...

उस दिन तक प्रतीक्षा करनी होगी...अन्यथा भौतिक की विजय निरंतर यांत्रिक बनाती जाएगी और मनुष्य नये-नये युद्धों में निरंतर पड़ता चला जाएगा...

बाहर फिर शोर हो रहा है।

अर्दली प्रवेश करता है।

'हुज़ूर!'

'क्या है?'

'हुज़ूर! कबायली है।'

'क्या बात है?'

'हुज़ूर! कर्नल साहब फोन पर नहीं थे।'

'कहां है वह? उसे, जासूस है तो, वही करना होगा, जो...'

'हुज़ूर! वह सारे राज़ भारत सरकार को बताकर मरना चाहता है।'

'क्यों?' रनवीर चौंक उठता है।

'पता नहीं हुज़ूर! वह बड़ी देर से रो रहा है। कहता है मैंने साहब को देखा है। उनसे मुझे एक बार मिला दो, फिर चाहे गोली मार दो, पर मेरी बात सुन लो, तुम्हारा साहब देवता है। मैं एक बार उनसे मिलकर अपने वहशीपन की माफी मांगना चाहता हूं, वर्ना मेरे दिल को कभी चैन नहीं मिलेगा!'

रनवीर उठता है...

'हुज़ूर! ओवरकोट कंधों पर डाल दूं? बाहर अब सर्दी बढ़ गई है।'

'अच्छा! लाओ! यह हाथ बचाकर, हां ठीक है—'

रनवीर देख रहा है...

जैसे बिजली का तार छू गया हो...

कौन?

अज़हर!!!

वह पुकार उठता है—'अज़हर!!'

सामने अज़हर धरती पर बैठा है। उसकी आंखों में आनन्द के आंसू उमड़ रहे हैं...

'अज़हर।' फिर अवरुद्ध स्वर से कहता है रनवीर—'तुम! तुम यहां! स्पाई!'

'हुज़ूर!' अज़हर भर्राए स्वर से कहता है—'हां मैं ही हूं। मैं ही हूं हुज़ूर! आपने मुझे पहचान लिया हुज़ूर!'

'अज़हर।' तुम ही इन बेकसूर गांववालों को लूटते हो, कत्ल और ज़िना से तुम्हारा ही दामन भीगा है? क्या इसीसे तुम इस्लाम फैला रहे हो? क्या सचमुच तुम्हारा इस्लाम खतरे में है?'

एक बीभत्स हंसी हंसता है अज़हर और कहता है—'हज़र! मैं इन सब चीजों के लिए नहीं लड़ता? जापानियों ने मार-मारकर लंगड़ा कर दिया था मुझे। फौज में नौकरी नहीं मिली। स्पाई बन गया आखिर! यह पेट है हुज़ूर...और तब वह उसपर हाथ मारता है...'यह किसीको क्या देखता है हुज़ूर! सुबह आपको देखा हुज़ूर! और लगा कि अंधेरी फटी जा रही है आंखों के सामने से। मेरे साहब! रनवीर साहब! हुज़ूर मुझे दाण्डेकर बुला रहा है आज! मैं सारी लूट का राज़ बताकर हमेशा के लिए मर जाना चाहता हूं...'

और रनवीर देखता है...और कहता है...'तुम पाकिस्तान क्यों चले गए अज़हर...'

'हुज़ूर ज़िन्दगी की प्यास ले गई...मुसलमान हिन्दुओं को पंजाब में पूरब को खदेड़ रहे थे, पूरब के हिन्दुओं ने मुझे उधर खदेड़ दिया और मैं जहां पहुंचा, वहां मेरे लिए एक ऐसी दुनिया थी हुज़ूर जो कुछ मैंने जंग में

सीखा था...वह सब नफरत बनकर मुझमें समा सका...और मैं नफरत के बल पर ज़िन्दा रहने लगा हुज़ूर...'

'फिर आज क्या हुआ अज़हर! उसी नफरत से तुम्हें नफरत कैसे हो गई आखिर?'

'हुज़ूर! आज मुझे आपका वह अकेले में तड़पना और चिल्लाना याद आ रहा है। उस दिन मैं मौत के मुंह में घुसकर आपसे मिलने गया था। उसके बाद उन्होंने मुझे इतना मारा...इतना मारा कि मुझे लंगड़ा कर दिया...हुज़ूर...' वह शायद फिर उस पीड़ा की याद करके रोने लगा है...

उसका रोना देखकर रनवीर की पलकें भीग गई हैं और मुश्किल से वह अपने होंठों को भींचकर उन्हें बाहर गिरने से रोकता है और भर्राए स्वर से पूछता है, 'फिर?'

'फिर हुज़ूर! वही सोच रहा हूं आज, कि वह ज़िन्दगी आखिर मुझे कहां ले आई है। सोचा कि उस दिन मुझे आपने मसीहा समझा था। आज क्या समझोगे? शैतान? गोली जरा चूक गई, वर्ना.. क्या होता आपका? हुज़ूर! मैंने बेकसूरों और निहत्थों को कत्ल किया है ज़िना किया है...'

'तुम्हें दर्द और तकलीफ ने यही सबक दिया अज़हर...?'

'मैं इसीलिए इस ज़िन्दगी को बरबाद करना चाहता हूं हुज़ूर! मेरी बात सुन लीजिए, स्पाई हूं, मुझे गोली से उड़वा दीजिए...अब मैं बहुत थक गया हूं...'

'नहीं अज़हर। इसलिए नहीं कहता कि तुमने एक दिन मुझे वह राहत दी थी जो शायद कभी कोई न दे पाए, लेकिन इसलिए कहता हूं कि तुमने तप-तपकर भी अपने को साफ नहीं किया...'

'हुज़ूर! मैं सब करता हूं बहुत बेचैन रहता हूं मगर इस दोज़ख ने, इस पेट ने सब कुछ मुझसे लूट लिया...

'याद है तुमने मुझसे पूछा था अज़हर कि कभी वह दिन भी आएगा जब यह नफरत खत्म हो जाएगी हूज़ूर?'

'मेरे आका...' वह चिल्लाता है—'मुझे मरवा दीजिए...मुझे मरवा

दीजिए...'

वह अपना गरेबान फाड़ डालता है...

और रनवीर कहता है, 'मैं लूटने नहीं आया हूं अज़हर! मेरे हाथ में हथियार है ज़रूर, मगर हथियार से बड़ी है यह बात कि मैं किसीकी रक्षा करने आया हूं...अगर यह हथियार छिन जाएगा, तब भी मैं यहीं लड़ता रहूंगा...आज़ादी हथियारों पर नहीं पलती दिलों पर पलती है... विश्वासों पर ज़िन्दी रहती है...तुमको कर्नल के पास ले जाया जाएगा...'

रनवीर टेण्ट में लौट आया है...

वह बिस्तर पर मुंह तकिये में गड़ाए, धरती पर घुटनों के बल बैठा है...

यह सब क्या है.. क्या हुआ है यह सब...

हत्यारा फिर आदमी बन रहा है...किसी एक दिन में इतनी ताकत होती है कि वह इन्सान की ज़िंदगी बदल दे! हां। इंसान के लोहू में इतनी ताकत होती है कि वह राष्ट्रों की घृणा और प्रेम को मोड़ देता है ...जैसा था गांधी का लोहू...जिसने नफरत की आग को अपनी बूंदों से बुझाया था...

सामने पत्र पड़ा है...

यही पत्र भेज दूं...नहीं...फिर लिखूंगा...मां इसे पढ़कर दुःखी हो जाएगी...

उसने पत्र फाड़ दिया है...

और फिर उसे जलाता है...लपट उठती है...और उस लपट में चमक उठता है चेहरा...

अज़हर का चेहरा ..

अज़हर! क्या तू मुझे भूल जाएगा? मैं तो तुझे कभी नहीं भूलूंगा

अज़हर...

सचमुच इस नफरत का अन्त कब होगा...

अज़हर! मैं तेरे प्यार को सदा प्यार करूंगा...

लेकिन अज़हर! मैं तेरी नफरत को कभी प्यार नहीं करूंगा...

अज़हर! तू इंसान था, फिर तुझे यह क्या हो गया...

पेट ने तुझे इंसान से हैवान बना दिया...

अज़हर, ये तूने क्या किया...

रनवीर का चेहरा आंसुओं से भीग गया है...

और धुंधली दृष्टि में से दिखाई दे रहा है फोटो...इंजीनियर की लड़की कह रही है...दुःख को समझने के लिए ममता के बीज डालो लेफ्टिनेंट कर्नल! अपना भी घर बसाओ, ताकि तुममें जो दया का भाव है कि तुम सिर्फ कर्तव्य कर रहे हो, दूसरों का भला कर रहे हो, संघर्ष में उसका अहंकार मिट जाए...और उसकी जगह ले ले प्यार...इंसान का सच्चा प्यार...इसी दुनिया में रहता है...पति-पत्नी, मां-बाप, पुत्री और पुत्र... यही संस्कृति की रक्षा करता आया है और करता जाएगा...क्योंकि घर से दुनिया की शुरूआत है। उसीसे इंसान के लिए प्यार जागता है...हिंसा से घृणा होती है। लूट, हत्या, फरेब, अहंकार...सब दूर होते हैं...करोगे जिन्दगी को प्यार...? मौत के मंह में खड़े हो तुम क्यों आखिर...? क्योंकि तुम ज़िंदगी को बचाना चाहते हो...दुनिया की धरोहर को बचाना चाहते हो...आगे बढ़ते चलो... उजाले की तरफ...यह तूफान...अंधेरा...युद्ध... मृत्यु...सब बीत जाएंगे...आकाश में मनुष्य की जययात्रा का नया स्टेशन घूम रहा है...नया चन्द्रमा...नया उपग्रह...इसे देखने के लिए तुम्हारी संतान रहेगी शायद, कि मानव अन्तरिक्ष में विजयगीत गाए...इतना ऊंचा उठाना है इंसान को... आओ...आओ...ज़िंदगी की तरफ आओ...कांटों में खिलते हुए फूल की तरह मुस्कराओ...जो कभी कांटों से घबराकर हारता नहीं...महका करता है...इस दुनिया में मौत नहीं जीतेगी, जीतेगी जिंदगी; नाश नहीं, निर्माण; पाप नहीं, करुणा; अत्याचार नहीं, समानता;

गुलामी नहीं, आज़ादी...; बंदूक नहीं...बीन...

और रनवीर मुस्कराकर लिखता ह :

प्रिय छोटे,

मैं शादी कर लूंगा, क्योंकि ज़िंदगी बहुत बड़ी चीज़ है...उसका आधार प्रेम है...तुम्हारी भाभी तुमने चुन ही ली है...मां के चरन छूना...सबको प्यार देना...

ㅇㅇㅇ